به نام خدا

پرواز به قفس

بر اساس داستانی واقعی

نوشته: سیما کیانی

سریال کتاب: P2245430110

عنوان: پرواز به قفس

پدیدآورنده: سیما کیانی

شابک کانادا: ISBN: 978-1-990760-44-0

موضوع: رمان واقعی، زندگینامه، آموزنده، زنان

متادیتا: Fiction/Biography/Women

مشخصات کتاب: Paperback/A5

تعداد صفحات: ۱۳۲

تاریخ نشر در کانادا: آگوست ۲۰۲۲

K.P.H International Group

Publishing House

ونکوور، کانادا

تلفن : ‎+1 (833) 633 8654

واتس آپ: ‎+1 (236) 333 7248

ایمیل : info@kidsocado.com

وبسایت انتشارات: https://kidsocadopublishinghouse.com

وبسایت فروشگاه: https://kphclub.com

سلام هم زبان

دستیابی ایرانیان مقیم خارج از کشور به کتاب‌های بسیار متنوع و جدیدی که به به تازگی در ایران نگاشته و چاپ می‌شوند، محدود است. ما قصد داریم این خدمت را به فارسی زبانان دنیا هدیه دهیم تا آنها بتوانند مانند شما با یک کلیک کتاب‌هایی در زمینه های مختلف را خریداری کنند و درب منزل تحویل بگیرند.

گروه KPH و یا خانه انتشارات کیدزوکادو تحت حمایت گروه کیدزوکادو این افتخار را دارد تا برای اولین بار کتاب‌های با ارزش تألیفی فارسی را در اختیار ایرانیان مقیم خارج از ایران قرار دهد.

از اینکه توانستیم کتابهای جدید و با ارزشی که به قلم عالی نویسندگان و نخبگان خوب ایرانی نگاشته شده است را در اختیار شما قرار دهیم و در هر چه بیشتر معرفی کردن ایران و ایرانیان و فارسی زبانان قدم برداریم، بسیار احساس رضایتمندی داریم.

این کتاب‌ها تحت اجازه مستقیم نویسنده و یا انتشارات کتاب صورت گرفته و سود حاصله بعد از کسر هزینه‌ها، به نویسنده پرداخته می شود.

خانه انتشارات کیدزوکادو در قبال مطالب داخل کتاب هیچگونه مسئولیتی ندارد و صرفاً به عنوان یک انتشار دهنده می‌باشد. شما خواننده عزیز، می‌توانید ما را با گذاشتن نظرات در وب سایتی که کتاب را تهیه کرده‌اید به این کار فرهنگی دلگرمتر کنید. از کامنتی که در برگیرنده نظرتان نسبت به کتاب است عکس بگیرید و برای ما به این ایمیل بفرستید و از انتشارات یک کتاب دیگر بعنوان هدیه برای شما ارسال می‌شود.

ایمیل :   info@kidsocado.com

فهرست مطالب

مقدمه

اکنون که با وجود تمام سختی‌ها موفق شدم کتاب «پرواز به قفس» را بـه پایـان برسانم لازم می‌بینم صادقانه اقرار کنم که نوشتن این کتـاب یکـی از دشـوارترین کارهایی بود که در طول زندگی‌ام انجام داده‌ام. در بسـیاری از قسـمت‌های کتـاب ناچار شدم از نوشتن دست بردارم تا سیل اشک‌هایی را که بی‌اختیـار از چشـمانم می‌باریدند پاک کنم. حتی تصور این‌همه خشونت و ظلم به زنی این‌چنین تنهـا و بی‌کس در غربت و حتی از نوشتن آن زجرآور و دردناک بود.

از خلال تمامی سطور کتاب به‌خوبی می‌توان به تألمات روحی و احسـاس حقـارت زنی پی برد که بی‌گناه مورد آزار و خشونت قرار گرفته است.

مطمئناً این شخص تنها زنی در دنیا نیست که از سوی شـوهرش مـورد خشـونت قرار گرفته و متأسفانه بنا به نقل بسیاری از منابع معتبر مـی‌تـوان و بایـد اعتـراف کرد که به‌طور حتم در دنیا از این بدتر هم رخ داده است.

این اتفاق تلخ و غم‌انگیز در دههٔ ۹۰ میلادی در استکهلم رخ داده و از دفترچهٔ خاطرات شخص قربانی الهام گرفته شده است. او هر زمان که مورد خشونت همسرش قرار می‌گرفته، در قفس قفل‌شده‌اش شروع به نوشتن می‌کرده و قصدش هم التیام بخشیدن به دردهای جسمی و آلام روحی‌اش بوده و هم اینکه بتواند روزی فریاد مظلومی را به گوش دنیا برساند. او عادت داشته در خلوت قفس تنهایی‌اش ظلم و ستمی را که همسرش ناجوانمردانه و بی‌مورد در حقش روا می‌داشته، با قلم سیاهش بر سفیدی کاغذ بیان کند و دردش را تسکین بخشد.

این کتاب بنا به درخواست خود شخص و با موافقت صد درصد او نوشته شده است. از طرفی به دلیل تأکید فراوان ایشان که نمی‌خواستند به‌هیچ‌وجه هویتشان فاش شود، به‌ناچار تغییراتی در جزئیات داستان داده شده تا از شناسایی ایشان جلوگیری شود.

هدف از نگارش این کتاب به تصویر کشیدن خشونت‌های پنهان علیه زنان است که متأسفانه در بسیاری از جوامع پیشرفته و حتی از جانب اشخاص تحصیل‌کرده نیز صورت می‌گیرد. به امید روزی که دست مردان فقط و فقط به قصد نوازش روی زنان بلند شود نه برای تنبیه و خشونت. آمین.

خلاصه

در یکی از شب‌های گرم و داغ تابستانی در تهران، مینا در جشن عروسی دوستش برای نخستین بار چشمش به مهران خوش‌تیپ و خوش‌لبـاس مـی‌افتـد کـه بـا خواهرش به جشن دعوت شده بود. مهران مقیم کشور سـوئد بـود و در نگـاه اول عاشق مینا و موهای بلند مشکی‌اش می‌شود. به هر ترفندی که شده سر میز شام خود را به او نزدیک کرده، سر صحبت را باز می‌کند و مینا را برای شام روز بعد به رستورانی مجلل دعوت می‌کند.

مهران برای مسافرتی یک‌ماهه به ایران آمده و فرصت زیادی برای معاشرت با مینا ندارد. همین باعث می‌شود به‌سرعت با هم ازدواج کنند و قرارمی‌شود که مینا پس از دریافت ویزا به سوئد برود.

مسئله‌ای که مینا نمی‌داند این است که مهران در پشت ظاهر آراسته‌اش، رازی نهفته دارد و وقتی به اسرار نهانی او پی می‌برد که خیلـی دیـر شـده اسـت. او در

کشور غریب از ترس اخراج و بازگشت به وطن سـکوت مـی‌کنـد و در قفسـی کـه مهران برایش ساخته، می‌ماند و این اسارت سال‌ها طول می‌کشد.

فصل اول

طلوع آفتاب نیمه‌شب معروف اسکاندیناوی باعث شد تا مینا روی مبل اتـاق پذیرایی در کنار پنجره خوابیده بود، با تـابش آفتـاب روی صـورتش بیـدار شـود. دردی عجیب در سرش احساس می‌کـرد و چشـمانش از شـدت گریـه ورم کـرده بودند. سعی کرد افکار پراکنده‌اش را جمع‌وجور کند و به خـاطر بیـاورد کـه چـرا دوباره به‌جای تخت‌خوابش روی مبل خوابیده است.

صدای خروپف شوهرش، مهران، از اتاق خواب به گوش می‌رسید. همـه‌چیز مثـل منظره‌ای که پشت ابری از مه پنهان شده باشد، نامفهوم و گنگ، جلو چشـمانش آمد. خواست غلتی بزند و صورتش را از آفتاب پنهان کند که ناگهان دردی شـدید در ران پای چپش احساس کرد و به خاطر آورد کـه روز قبـل شـوهرش لگدهای محکمی به پایش زده بود. سپس دعوای روز قبل را به خاطر آورد.

مینا چند ماه قبل، درست اوایل فروردین، از تهران به استکهلم آمده بود. تابستان سال گذشته در تهران با مهران ازدواج کرده بـود کـه از پـانزده سـال قبـل مقـیم سوئد بـود. روز عروسـی‌اش در لبـاس سـفید زیبـا و گـران‌قیمتش ماننـد المـاس می‌درخشید و دسته‌گل بسیار زیبایی نیز در دست داشت. آرایـش مـو و صـورتش

آن‌قدر بی‌نقص بود که او را مانند ملکه‌ای زیبا جلوه می‌داد. همهٔ دختران فامیل با حسرت به او نگاه می‌کردند که قرار بود زندگی آینـده‌اش را در کشـوری مرفـه و پیشرفته در اروپا شروع کند. پیش خودشان فکر می‌کردند خوش به حال مینا که فرزندانش در خارج از کشور متولد و از امکانات و رفاه کشوری پیشرفته در غـرب اروپا بهره‌مند خواهند شد و حتماً تحصیلاتی سطح بالا خواهند داشـت. تقریبـاً دو هفته بعد از عروسی، مهران به استکهلم برگشت و مینا منتظر دریافت ویزا شد تا به شوهرش بپیوندد.

همسرش هر شب از استکهلم به او تلفن می‌زد و مدتی طولانی بـا هـم صـحبت می‌کردند که این هم مایهٔ حسادت دوستان و آشنایان شده بود؛ زیرا برخلاف ایـن روزها که می‌توان به‌راحتی و رایگان از طریق اینترنت با کشورهای دیگـر تمـاس داشت، در دههٔ ۹۰ میلادی تماس تلفنی بـا خـارج از کشـور بـا تلفن‌هـای عـادی انجام می‌شد و بسیار گران بود.

شش ماه فاصله بین عروسی تا دریافت ویزای سوئد بـا وجـود همـهٔ دلتنگی‌هـا سپری شد و سرانجام روز پرواز فرا رسید. شب قبل از پرواز مینا به شکلی عجیـب غمگین بود و دل‌شوره داشت. تمامی خاطراتش از همسرش، از روزی کـه او را در جشن عروسی دیده بود تا روزی که همراه مادر و خواهرش با دسته‌گل زیبـایی به خواستگاری آمده بود، جلو چشمانش می‌آمد. خودش هم نمی‌دانست که علـت این‌همه دل‌شوره و نگرانی چه می‌توانست باشد. مهران پسر یکـی از خـانواده‌هـای اصـیل و خـوب تهرانـی، تحصیل‌کرده، شـاغل و مقیـم کشـوری پیشـرفته بـود. درحقیقت، مینا باید خـود را خوشـبخت احسـاس می‌کـرد و بـدون کوچـک‌ترین دغدغه‌ای پیش همسرش می‌رفت تا زندگی مشترکش را با او آغـاز کنـد، امـا ایـن دل‌شورهٔ بی‌معنا امانش را بریده و همهٔ شوق سفر و پیوستن به مـرد زنـدگی‌اش را از او گرفته بود.

مادرش از چند روز قبل مدام گریه می‌کرد. مینا هم با بغضی در گلو سرگرم بستن چمدانش بود، درحالی‌که در دلش غوغایی به پا بود. اضطراب سفر به کشوری غریب و شروع زندگی با مردی زیر یک سقف برایش دلهره‌آور و عجیب بود. هرچند مهران همسرش بود، آن‌ها در حقیقت با هم زندگی نکرده بودند و مینا شناخت زیادی از شوهرش نداشت. برای اولین بار پس از عروسی‌اش دچار شک و تردید شده بود. از اینکه به‌سرعت با مردی بیگانه ازدواج کرده و حتی حاضر شده بود برای همیشه ترک وطن کند و به او بپیوندد خود را سرزنش می‌کرد. دیدن مادرش، که در هفتهٔ آخر مدام اشک می‌ریخت، قلبش را به درد آورده بود و با وجود اینکه خودش مادر نبود، حتی تصور اینکه روزی بچه‌دار شود و دخترش بخواهد به غربت برود و او را تنها بگذارد، دلش را سرشار از غم می‌کرد.

لحظهٔ خداحافظی فرا رسید و پس از گریه و زاری بسیار در فرودگاه، سرانجام ساک دستی‌اش را برداشت و رفت تا سوار هواپیما شود. حتی زمانی که روی صندلی هواپیما نیز نشسته بود گریه می‌کرد. ساعت‌ها گذشت و او برای اولین بار پایش را در سرزمینی گذاشت که قرار بود وطن دومش باشد. به‌زودی شوهرش عزیزش را که بسیار هم برایش دلتنگ بود ملاقات می‌کرد تا او را به خانهٔ بخت ببرد.

مهران با خاله‌اش، که از دههٔ ۷۰ میلادی در سوئد زندگی می‌کرد، برای استقبال از او به فرودگاه بزرگ آرلاندای استکهلم آمده بود. مینا با دیدن صورت خندان همسرش تقریباً همهٔ نگرانی‌ها و تشویش‌هایش را از یاد برد و خود را در آغوش او انداخت. سرش را روی سینهٔ شوهرش گذاشت و گریست. مهران هم‌زمان که موهایش را نوازش می‌کرد، با او حرف می‌زد و سعی در آرام کردن همسر غمگینی داشت که معلوم نبود از خوشحالی می‌گرید یا اینکه از ناراحتی. چمدان‌ها را در ماشین خاله جا دادند و مهران و مینا در صندلی عقب ماشین نشستند، درحالی‌که دست‌های همدیگر را محکم چسبیده و یکدیگر را در آغوش گرفته بودند. مینا از

آینۀ اتومبیل متوجه شد که خاله در حین رانــدگی بـا لبخنـد بـه ایـن دو پرنـده عاشق نگاه می‌کند. از نگاه او خجالت کشید و سـعی کـرد از مهـران کمـی فاصـله بگیرد، اما مهران دوباره او را به سوی خود کشید و محکـم بغلـش کـرد. بـه نظـر می‌رسید که سخت از آمدنش خوشحال بود و درعین‌حال بـرای از دسـت دادن و دوری‌اش هم نگران بود.

ناگهان صدای راه رفتن کسی روی پارکت‌هـای کهنـۀ آپارتمـان قـدیمی رشتـۀ افکارش را پاره کرد. مهران بود که به دستشویی رفته بود. مینا از تـرس بـه خـود لرزید و پتو را روی سرش انداخت تا زمانی که شوهرش به اتاق خواب مـی‌رود او را نبیند.

درد شدید شانۀ چپش مشتی را که دیروز در خیابان از او خـورده بـود بـه یـادش انداخت. اولین بار نبود که مینا در خیابان کتک می‌خورد، همسرش قبلاً نیـز او را در ملأ عام کتک زده بود، اما در کمال تعجب هیچ‌کس هیچ‌گونه واکنشـی نشـان نداده بود. مینا به این فکر کرد که اگر در ایران مردی ناگهان در خیابـان بـه زنـی حمله کند، به‌طورقطع چند نفر جلـو می‌آینـد تـا از ادامـۀ خشـونت توسـط مـرد جلوگیری کنند، اما اینجا مردم راه خودشان را می‌روند.

طفلک، دختر خام و تازه‌وارد از سردی و بی‌تفاوتی اروپایی‌ها چیزی شنیده بـود، ولی از قوانین سخت دادگاه‌های این کشورها بی‌خبر بود و نمی‌دانست که در ایـن سوی آب مردم صورتشان را بر می‌گردانند و به‌هیچ‌وجه اعتنایی نمی‌کنند تـا از درگیر شدن در امور قضایی و از شهادت دادن علیـه مـتهم خلاصـی یابنـد؛ زیـرا معمولاً کاری پردردسر و حتی خطرناک تلقی می‌شود.

مهران بدون اینکه توجهی به همسـر کتک‌خورده‌اش کنـد کـه روی مبـل اتـاق پذیرایی خوابیده بود، به اتاق خواب رفت تا دوباره بخوابد. مینا هم که نه اشتهایی

برای خوردن صبحانه داشت و نه حوصله‌ای برای بلند شدن از جایش، دوباره شروع به مرور خاطراتش کرد.

از روزی که به استکهلم آمده و پایش را در به‌اصطلاح خانهٔ بخت گذاشته بود، دقیقاً چهار ماه می‌گذشت. سعی کرد به خاطر بیاورد که در این چهار ماه اخیر چند بار از طرف شوهرش مورد ضرب وشتم و خشونت قرار گرفته یا به عبارت ساده‌تر کتک خورده بود.

اولین بار، درست سه روز بعد از آمدنش بود که مهران دست روی او بلند کرد. موقع شام بحثی پیش آمد و مینا گفت که تصمیم دارد در سوئد درس بخواند و کار بکند. ظاهراً این حرف خوشایند مهران نبود. ناگهان، در کمال حیرت، مهران شروع به گفتن حرف‌هایی کرد که کاملاً برای مینا تازگی داشت. اولین بار بود که شوهرش روی دیگرش را نشان می‌داد. در طول اقامتش در تهران رفتارش همیشه عاشقانه بود و حتی در این دو سه روز اخیر هم فقط با ناز و نوازش با مینا رفتار می‌کرد. اما این بار به‌طرزی عجیب کنترل اعصابش را از دست داد و شروع به دعواکرد. از نظر او مینا به قصد گرفتن اقامت به سوئد آمده بود و هدفش زندگی با او و شوهرداری نبود.

مینا در کمال ناباوری و بهت به مهران نگاه می‌کرد. تازه به یاد آورد در سه روزی که به استکهلم آمده هیچ کاری جز تمیز کردن این آپارتمان بیش‌ازحد کثیف و به‌هم‌ریخته نکرده و حالا مهران به‌جای تشکر به او ناسزا هم می‌گفت.

اشک‌ریزان میز شام را رها کرد، به اتاق خواب رفت و خودش را روی تخت انداخت و با صدای بلند گریه کرد. دلش برای مادر و پدر و برادرش خیلی تنگ شده بود و از اینکه تنها سه روز بعد از آمدنش به خانهٔ بخت به این شکل مورد تحقیر و توهین قرار گرفته بود دلش آتش گرفته بود. پس از حدود نیم ساعت که با صدای بلند اشک ریخت و دلتنگی‌های دلش را خالی کرد، سر و کلهٔ

مهران پیدا شد، اما برخلاف تصور مینا، شوهرش بـرای عـذرخواهی و نـوازش او نیامده بود، بلکه از صدای گریه‌اش کلافه شده بود.

مهران که بعد از پانزده سال زندگی تنها در اروپا به سکوت عادت کـرده بـود و تحمل سروصدا را نداشت، با داد و فریاد به مینـا دسـتور سـکوت داد، امـا دختـر معصوم، غریب و تنها که بغضش ترکیده بود نمی‌توانست ساکت شود.

ناگهان مهران روی تخت نشست و شانه‌های مینا را کـه دمـر روی بـالش افتـاده بود گرفت، او را به سوی خودش چرخاند و با خشم بـه او خیـره شـد. اما مینـا به‌جای اینکه از او و نگاه وحشتناکش بترسد و ساکت شود، بر سرش فریاد کشید:

- پست فطرت.

مهران ابتدا چند ثانیه‌ای خشمگین و بـا نـگاهی ترسـناک بـه مینـا خیـره شـد. سپس، با یک دست او را نگه‌داشت و با دست دیگرش شروع به مشت زدن به سر و کله او کرد. بعد از آنکه چند مشت محکم به او کوبید، روی تخت ایستاد و چنـد لگد هم به پهلوهایش زد.

مینای بدبخت که از ترس لال شده بود، شوک‌زده چشمانش را بسته بود تا قیافـهٔ هولناک شوهرش را نبیند. مهران بعد از کتک زدن مینا، روی او که وحشـت‌زده و مانند جسد بی‌حرکت و بی‌صدا روی تخت افتاده بود، پتـویی پهـن کـرد و حتـی صورتش را هم پوشاند. سپس، حالی که هنوز بسیار عصبانی بود و ناسزا می‌گفت برایش خط و نشان کشید و گفت که تنها او در این خانه تصمیم مـی‌گیـرد، مینـا فقط و فقط باید اطاعت کند و به‌هیچ‌وجه حـق درس خوانـدن و کـار کـردن در سوئد را ندارد.

مهران آن شب روی کاناپۀ اتاق پذیرایی خوابید، امـا مینـا کـه شـوکه شـده بـود، ساعت‌ها در سکوت اشک ریخت. خـودش را نـه‌تنها کتـک خـورده، بلکـه بسیار

تحقیرشده احساس می‌کرد و از ترس مردی که همسرش بود، اما در اتـاق کنـاری خوابیده بود، حتی جرئت رفتن به دستشویی را هم نداشت.

به این ترتیب مینای تازه‌عروس در هفتهٔ اول ورودش بـه خانـهٔ شـوهر و در آغـاز زندگی مشترک، مورد ضرب و شتم قرار گرفت.

فردای آن روز مینا بدن کبود، ملتهب و کتک‌خورده‌اش را در حمام شست و سعی کرد سرش را با کار خانه گرم کند. مهران که به نظر پشیمان می‌آمد، دور و برش می‌پلکید و سعی می‌کرد با او صحبت کند، اما مینا که سخت آزرده شده بود به -هیچ‌وجه به او توجه نمی‌کرد.

غروب فرا رسید و مینا هنوز مشغول نظافت بود، به ایـن طریـق داشـت زمـان را می‌کشت و خود را سرگرم کار نشان می‌داد. سرانجام، مهران که از سکوت بی‌وقفهٔ او خسته شده بود و تمام روز را هم در خانه مانده بود، به این بهانه که چـرا مینـا به‌جای غذا درست کردن تمام روز فقط نظافت می‌کند، دوباره بنای داد و بیـداد و ناسزا را گذاشت.

باوجود آنکه شب قبل مهران از مینا زهر چشم گرفته بود، اما باز هم مینا با کمـال شهامت، همان‌طور که مشغول نظافت بود، سکوتش را شکست، رو به مهـران کـرد و جواب ناسزایش را داد. بعد، رویش را برگردانـد و بـه پـاک کـردن ظرف‌شـویی آشپزخانه ادامه داد.

ناگهان ضربهٔ شدید چند مشت پیاپی راپشـت سـرش احسـاس کـرد و بـا سـر در ظرف‌شویی آشپزخانه فرو رفت. کاملاً گیج شده بود. ثانیه‌ای بعد مهران از پشـت یقهاش را گرفت و او را کشان‌کشـان بـرد و روی مبلـی پـرت کـرد که در اتـاق پذیرایی قرار داشت.

مینا همان‌طور که روی مبل افتاده بود باز هم بی‌مهابا چند ناسزا به مهران گفت و مهران بدون تأمل مشتی دیگر نثارش کرد. سپس، از روی مبل بلندش کـرد و در

حالی که تهدید می‌کرد مینا را به ایران پس می‌فرستد، او را به طرف در آپارتمان کشاند.

ناگهان ترسی عجیبی وجود مینا را فرا گرفت. با خودش فکر کرد اگر این اتفاق واقعاً بیفتد جواب آدم‌های دور و برش را چه بدهـد. کـدام عروسـی در هفتـهٔ اول زندگی مشترک دو بار کتک می‌خورد و به مملکت خودش هم پس فرستاده می‌- شود؟

شروع به گریه کرد و همین باعث شد شوهرش گریبان او را رها کنـد. همـان‌طور که تهدید می‌کرد و ناسزا می‌گفت لباسش را پوشید تا خانه را ترک کند، اما قبل از رفتن اول گوشی تلفن و کلید خانه را که روز ورود مینا به او داده بود، برداشت و در کیف دستی‌اش گذاشت. سپس در را به روی مینا قفل کـرد و رفت، حتـی قفل پلیس را هم بست. به این ترتیـب مینـا در هفتـهٔ اول زندگی مشـترکش در سرزمینی غریب، کتک‌خورده در آپارتمانش حبس شد. حالا دیگر حتی تلفنی هـم وجود نداشت که او بتواند دست‌کم با خالهٔ مهران، که در شمال اسـتکهلم زنـدگی می‌کرد، تماس بگیرد. مطمئناً، قصد مهران هم دقیقاً همین بـود کـه مینـا نتوانـد جایی برود یا به کسی تلفن بزند. دختر بیچاره ساعتی روی مبل نشست و آن‌قـدر گریه کرد تا همان‌جا از خستگی خوابش برد.

چند ساعت بعد با شنیدن صدای پایی از خواب بیدار شد. مهـران بـود کـه بـالای سرش راه می‌رفت و بسیار غمگین به نظر می‌رسید. وقتی دید مینا از خواب بیدار شده خیلی آرام به طرفش آمد، او را در آغوش گرفت و بوسید. از اتفاقی کـه بـین آن‌ها افتاده بود بسیار شرمنده بود و برای نشـان دادن احساسـش مقـدار زیـادی لباس زیر هم برای همسرش کادو خریده بود. مینا با دیدن هدیه دوباره به گریه افتاد و مدتی در آغوش مهران گریست. شوهرش عاشقانه بغلش کرد و او را ماننـد بچه‌ها در تخت گذاشت تا آرام بخوابد.

به‌راستی علت این احساسات متضادی که مهران نشان می‌داد چه بود؟ خشونت، ندامت و احساس علاقهٔ شدید به مینا و حسادت فوق‌العاده که مبادا کسی مینا را از او جدا کند. چندین ماه طول کشید تا او جواب این سؤال را دریافت کرد.

هفتهٔ اول زندگی زناشویی خوشایند نبود، اما هفتهٔ دوم نسبتاً آرام و بدون دعوا گذشت. مینا یاد گرفت در مقابل همسرش از ترسِ دعوا و خشونت سکوت اختیار کند، به‌خصوص که شوهرش تهدید کرده بود او را به ایران برمی‌گرداند. این اتفاق هرگز نباید می‌افتاد؛ برای همین او برای مصلحت خودش هم که شده سکوت اختیار کرد تا از بروز دعوا و مشاجره جلوگیری شود.

در تعطیلات آخر هفته خالهٔ مهران و همسرش، درحالی‌که هدیه‌ای در دست داشتند، به منزلشان آمدند تا با هم ناهار بخورند. هر دو آن‌ها به‌محض ورود به آپارتمان از اینکه خانه آن‌قدر مرتب و تمیز بود، غرق در حیرت شدند. به‌راستی چرا مهران تا این حد شلخته و بی‌نظم بود؟ آیا این در هم و بر همی منزل با تموج خلق مهران نسبتی داشت؟ مینا نتوانست جوابی برای سؤالش بیابد؛ چون پدر و مادر خودش بسیار مرتب و منظم بودند و او تقریباً هرگز قبل از این با آدمی که به این شدت شلخته و بی‌نظم باشد، روبه‌رو نشده بود. به‌هرحال، مهمانی به‌خوبی و خوشی برگزار شد و مهران در مقابل خاله و همسرش با کمال ادب و محبت با مینا رفتار کرد و به احتمال زیاد از اینکه مبادا مینا اشاره‌ای به دعواها و خشونت‌های دو هفتهٔ اخیر نکند و اهمه داشت.

روز بعد از میهمانی که یکشنبه‌ای زیبا و بهاری در استکهلم بود، آن‌ها تصمیم گرفتند بعد از صرف صبحانه کنار رودخانه نزدیک خانه‌شان قدم بزنند. مینا خیلی دوست داشت به قوها غذا بدهد. بهار سوئد فوق‌العاده زیباست، به‌خصوص وقتی که آفتابی هم باشد. طبیعتش آن‌قدر زیبا و دلچسب است که آدم از دیدنش سیر نمی‌شود. بعد از اینکه مینا به پرندگان و قوها غذا داد مدتی نسبتاً طولانی با همسرش در کنار آب قدم زدند و سپس روی نیمکتی نشستند. مینا همچنان

غرق در لذت تماشای زیبایی طبیعت استکهلم بود که با صدای مهران به خـود آمد. این‌طور که به نظر می‌رسید همسرش از مهمانی روز قبل زیاد خوشنود نبـود چون ازنظر مهران ناهاری که مینا درست کرده بود زیاد تعریفی نداشت و علاوه بر ایـن از طـرز پـذیرایی‌اش از خالـه و شـوهرخاله‌اش نیـز گله‌منـد بـود. از نظـر او دست‌پخت مینا زیاد خوب نبود و برای همـین بایـد روی آشپزی‌اش بیشـتر کـار می‌کرد. خاله خانم صد درصد از غذای بی‌مزه‌ای که در خانهٔ آن‌ها خورده بود برای مادر مهران تعریف خواهد کرد. نکتهٔ دوم این بود که صرف‌نظر از غـذای مینـا کـه خوشمزه نبود، مینا با شوهرخالهٔ او، حمید خان زیادی خودمانی گـپ زده بـود و بگو و بخند راه انداخته بود، درحالی‌که بار اولش بود که او را می‌دید. این رفتـار در شأن عروس خانوادهٔ محترم و اصیلی مثل خانوادهٔ مهران نبود. مینا همچنان که به اعتراضات شوهرش در مورد روز قبل گوش می‌داد با خود فکر کرد:

«آه باز هم حسادت بی‌جا و بی‌مـورد» و علـی‌رغم اینکـه تصـمیم گرفتـه بـود در مقابل مهران سکوت اختیار کند، از آنجا که ذاتاً حاضرجواب بـود، نتوانسـت جلـو زبانش را بگیرد و لب به اعتراض بـاز کـرد. دقایقی بی‌ثمـر و بی‌فایـده بـا مهـران جروبحث کرد، اما وقتی که متوجه شد که شـوهرش لجبـازتر و خودخواه‌تر از آن است که به حرف او اهمیتی بدهد تصمیم گرفت به این بحث خاتمه دهـد. بعـد از آن رویش را از مهران برگرداند تا عصبانیتش را نشـان ندهـد و درحالی‌کـه بـه آن سوی آب نگاه می‌کرد، گفت:

- اصلاً برای چی من مجبورم طبق میل ...

اما حرف در دهانش ماسید و کلمهٔ آخر تقریباً در نیمه‌راه خفه شد؛ چون ناگهان مهران به‌سرعت برق از جایش بلند شد و یک ثانیه بعد مینا ضربهٔ بسیار شـدید سیلی را روی گونهٔ چپش احساس کرد. این سیلی آن‌قدر محکم بـود کـه عینـک آفتابی مینا چند متر آن‌طرف‌تر روی زمین پرتـاب شـد. مهـران بلافاصله سیلی محکم دیگری روی گونه طرف راست مینا خواباند.

مینا از پشت سرش صدایی شنید. ظاهراً رهگذری که این صحنه را دیده بود فریاد زد و به زبانی غریب چیزی گفت که مینا نفهمید، اما به‌خوبی مرد عابری را دید که درست همان لحظه از جلوی آن‌ها عبور می‌کرد، ولی سرش را برگرداند و به طرف دیگر نگاه کرد، انگار هیچ اتفاقی نیفتاده و همچنان به راهش ادامه داد.

برای سومین بار شوهرش او را کتک زده بود، درحالی‌که تنها دو هفته از ورودش به سوئد گذشته بود. همین هفتهٔ قبل بود که مهران با پشیمانی قول داده بود که دیگر دست روی او بلند نمی‌کند. وحشتناک‌تر از همه اینکه این بار مهران بیرون از خانه کنترل خشمش را از دست داده بود و مینا را در ملأ عام و در مقابل چشم دیگران کتک زده بود.

مینا مثل آدم‌های برق گرفته روی نیمکت نشسته بود. قدرت حرکت و حرف زدن نداشت. مهران پس از سیلی دوم خیلی آرام رفت و عینک آفتابی او را که چند متر آن‌طرف‌تر پرت شده بود، برداشت، با دستمالی تمیزش کرد و عینک را به طرف مینا دراز کرد طوری که انگار هیچ اتفاقی نیفتاده است. وقتی دید همسرش بهت‌زده روی صندلی نشسته و قدرت هیچ واکنش یا حرکتی را ندارد، آن را کنارش روی نیمکت قرار داد و دوباره سر جای خود در کنار او نشست و به تماشای طبیعت ادامه داد.

مینا مبهوت و غرق در حیرت مدت‌زمانی طولانی روی نیمکت ساکت نشست، سپس مثل آدم‌هایی که در خواب راه می‌روند، بلند شد و به طرف خانه حرکت کرد. بدون اینکه به کسی یا چیزی نگاه کند سریع و سریع‌تر قدم برمی‌داشت و نیم ساعت بعد به خانه رسید.

مهران هم در تمام این مدت مثل سگی که با صاحبش بیرون آمده، در کنارش راه می‌رفت و حتی چند بار هم سعی کرد دستش را بگیرد، اما او هر بار دستش را کشید و به سکوتش ادامه داد تا اینکه به آپارتمان رسیدند. مینا به دستشویی

رفت احساس تهوع شدیدی داشت. فکر می‌کرد این اتفاق نیفتاده و او خواب دیده که در خیابان و جلو چشم دیگران سیلی خورده است. در آینه به خودش نگاه کرد. سرخی گونه‌هایش و سوزشی که در صورتش احساس می‌کرد برایش مسلم کرد که این خواب نبود. در آینهٔ حمام به خودش گفت:

- دیدی دوباره کتکت زد این بار به صورتی وحشتناک در ملأ عام ...

سپس دچار تهوع شد، به‌شدت بالا آورد و کف حمام از حال رفت.

چند ساعت بعد روی تختخواب بزرگ دونفره‌شان در اتاق خواب بیدار شد. هوا تاریک شده بود. از قرار معلوم مهران بعداً او را در حمام پیدا کرده و به تخت انتقال داده بود.

مینا دچار سردرد عصبی شدیدی شده بود. صدای مهران از آشپزخانه می‌آمد که تلفنی با کسی صحبت می‌کرد. از یادآوری ماجرایی که چند ساعت قبل اتفاق افتاده بود، دوباره حالت تهوع پیدا کرد. از ترس اینکه روی تخت بالا بیاورد بلند شد و خواست به دستشویی برود، اما در هال سرش گیج رفت و به زمین خورد. چهار دست و پا خودش را به مبل اتاق پذیرایی رساند و روی آن نشست صدای موزیک ایرانی از رادیوی آشپزخانه به گوش می‌رسید:

«می‌خوام برم دریا کنار، دریا کنار هنوز قشنگه»

دلتنگی شدیدی جسم و روحش را فرا گرفت. دلتنگ خانواده و وطن بود و در کنار این‌همه غربت تازه اسیر و بردهٔ مرد ظالمی هم شده بود که همسر قانونی‌اش بود. حالا باید چه می‌کرد؟ یاد مادر مهربانش، پدرش و برادرش در ایران افتاد. دلش برایشان ضعف رفت. لحظه‌ای آرزو کرد که ای‌کاش در خانه خودشان در کنار خانواده‌اش بود. ای‌کاش هرگز پایش را به این سرزمین عجیب با آدم‌های بی‌احساس و بی‌عاطفه نگذاشته بود. زیر لب با خود گفت: خدایا کمکم کن، خدایا چه‌کار کنم؟

ناگهان بغضش ترکید و با صدای بلند شروع به گریه کرد. دلش از دلتنگی، از بی‌کسی و از ظلم و ستم مهران پر از غم شده بود. کجای دنیا با زنی که تازه به خانهٔ بخت آمده، آن هم در غربت، این‌گونه رفتار می‌شد؟

مهران از شنیدن صدای گریهٔ مینا دوان‌دوان به اتاق آمد. ابتدا فکر کرده بود که اتفاقی افتاده، اما وقتی دید مینا ظاهراً صحیح و سالم، فقط روی مبل نشسته و گریه می‌کند، مدتی طولانی با خشم به او خیره شد، اما بدون اینکه حرفی بزند در سکوت دوباره به آشپزخانه رفت. مینای زخم‌خورده و غربت‌زده که دلش از ظلم و ستم به درد آمده و غرورش به معنای واقعی خرد شده بود، روی مبل نشست و ساعت‌ها گریه کرد. آن‌قدر گریه کرد که سرانجام تحمل مهران به سر رسید. به اتاق آمد و درحالی‌که داد می‌کشید و به مینا ناسزا می‌گفت دستور داد که گریه‌اش را تمام کند..

مینا همان‌طور که گریه می‌کرد سرش جیغ کشید که نمی‌خواهد دست از گریه بردارد. در این هنگام ناگهان مهران خشمگین جلو آمد و خواست با مشت توی سر مینا بزند مینا دستش را مثل سپر روی سرش گذاشت و مشت مهران به دستش اصابت کرد. ثانیه‌ای طول نکشید که دختر بیچاره از شدت درد فریاد جگرخراشی کشید و مهران هراسان دست از کتک زدن او برداشت.

دقیقه‌ای بعد مینا از ترس اینکه کتک بیشتری بخورد، گریه‌اش را فرو خورد. درست مثل بچه‌ای که جرئت گریه ندارد فقط هق‌هق کرد و از خستگی روی مبل خوابش برد. آن شب یکی از سخت‌ترین و طولانی‌ترین شب‌های زندگی‌اش بود. ساعت‌ها طول کشید تا توانست بخوابد، اما با دیدن کابوسی ترسناک از خواب پرید. در خواب وحشتناکش مهران را دید که با صورتی شیطانی بالای سرش ایستاده و تماشایش می‌کند. دستش را برای سیلی زدن به‌صورت او بالا برده بود که ناگهان مینا وحشت‌زده از خواب پرید. قلبش به‌شدت می‌تپید، اما شنیدن

صدای خروپف شوهرش که از اتاق خواب به گوش می‌رسید دلـش را آرام کـرد و خیالش راحت شد که در آن روز وحشتناک دیگر به او حمله نخواهد کرد.

فصل دوم

از آن روز به بعد مینا یاد گرفت که دیگر جـواب مهـران را ندهـد. سـرش را بـا کارهای خانه گرم می‌کرد و از وضـعیت زنـدگی‌اش هیچ‌چیـزی بـه خانواده‌اش نمی‌گفت. مجبور بود مراعات حال مادرش را بکند که ناراحتی قلبی داشت. بارهـا به این اندیشید که اگر مادرش می‌فهمید جگرگوشه‌اش در روزهـای اول ورود بـه خانهٔ شوهر آزار دیده و کتک خورده است، چـه مـی‌کـرد. حتمـاً از شـدت غصـه مریض می‌شد یا دق می‌کرد.

مهران همچنان مینا را کنترل می‌کرد و به‌شدت او را تحـت نظـر داشـت. مینـا جرئت نداشت تنهایی به کسی تلفن بزند یا از پشت پنجره خیابان را نگـاه کنـد. فقط در حضور مهران حق داشت به خانواده‌اش تلفن بزند و فقط بـا او مـی‌توانسـت بیرون برود.

بعضی شب‌ها مینا از صدای راه رفتن مهران روی کف‌پوش قدیمی بیدار می‌شـد و از صدایی که به گوشش می‌رسید می‌فهمید که مهران مشـغول وارسـی کیـف

اوست و دنبال مدرک خیانت می‌گردد. طفلک از ترس به خود می‌لرزید و با وحشت سرش را زیر پتو پنهان می‌کرد.

دفعهٔ بعد که مهران به مینا حمله کرد روزی بود که مینا با خالهٔ مهران حرف می‌زد. خاله از مینا خواست که روزی با هم به مرکز خرید در شهر بروند و مینا گفته بود که باید اول از مهران بپرسد و بعد به خاله گفته بود: «آخه اینجا مردسالاریه.» این جملهٔ آخر مهران را دیوانه کرده بود. چرا باید خاله‌اش بفهمد که مهران، مینا را کنترل می‌کند. این نوعی خیانت بود و اسرار خانوادگی مینا و مهران باید بین خودشان باقی می‌ماند.

پس از خاتمهٔ مکالمه، مهران شروع کرد به داد و بیداد و مینا که طاقتش تمام شده بود ناگهان در جواب مهران فریاد زد:

- اصلاً خوب کاری کردم که گفتم. بذار یکی تو این دنیا بفهمه که تو این خونه چی می‌گذره ...

مهران دوباره دیوانه شد. با چشمانی که داشت از حدقه بیرون می‌زد به او حمله کرد و گلویش را گرفت و فشار داد. سپس، او را به زمین پرت کرد و چند لگد محکم به پاهای مینا کوبید. مینا از شدت درد جیغ کشید و گریست. مهران مثل همیشه از صدای جیغ و فریاد او هراسان و دستپاچه شد، به خود آمد و حمله را تمام کرد و رفت. مثل همیشه مینا مدتی طولانی در تنهایی گریه کرد تا آرام شد. او عادت داشت در این مواقع عکس عروسی‌اش را که با مادر و پدرش گرفته بود بغل کند، روی سینه‌اش بگذارد و گریه کند. آن‌قدر دلش برای دیدن آن‌ها تنگ شده بود که دلش می‌خواست قلبش را با چنگ از سینه‌اش بیرون بیاورد. ای‌کاش در وطن خودش بود، کاش هرگز تن به این ازدواج کورکورانه نداده و خودش را در چنگال مردی ظالم اسیر نکرده بود. ای‌کاش لااقل در این غربت کسی را داشت تا به او پناه ببرد، اما افسوس و صد افسوس که کاملاً تنها و

بی‌کس بود و همسر ظالمش نیز ناباورانه و با قساوت قلب این‌گونه در حقش ستم می‌کرد.

بعد از آن تا چند روز لنگان‌لنگان راه می‌رفت و کبودی‌های شـدیدی روی سـاق پاهایش داشت، اما مدتی بعد کبودی‌ها کم‌رنگ شدند و دردشان هم از بین رفت. این ماجرا هم گذشت، اما مشخص نبود شوهرش دفعۀ بعد کـی و بـه چـه دلیلـی دوباره به او حمله کند. حالا مینا به‌خوبی فهمیده بود که این آغاز، پایانی نـدارد و او ظاهراً باید با این وضع بسازد و زندگی کنـد؛ چـون خشـم و عصبانیت مهـران به‌هیچ‌وجه قابل پیش‌بینی یا کنترل نبود. تلنگری لازم بود تا او از کوره بـه در رود و به مینا حمله کند. با کوچک‌ترین اعتراضی از طرف مینا تهدید می‌کرد کـه او را به ایران پس می‌فرستد. این نقطه‌ضعفی بود که مهـران از آن مطلـع شـده بـود و مثل اسلحه‌ای برای ساکت کردن مینا از آن استفاده می‌کرد.

تابستان زیبای استکهلم که بسیار فریبنده بود فرا رسید. مینا می‌دیـد کـه تقریبـاً همه مردها و زن‌ها با لباس‌های شنا در پارک کنـار منزلشـان آفتـاب می‌گیرنـد و دریاچه‌های اطراف نیز مملو از آدم‌هایی بود که در آب شنا می‌کردند. مینا دلـش غنج می‌زد که تنی به آب بزند و در زیر آفتـاب بخوابـد، امـا بـا شـناختی کـه از حسادت و کنترل‌گری مهران داشت به‌خوبی می‌دانست که هرگز حق ایـن کـار را نخواهد داشت. گاهی به منزل خالۀ مهران می‌رفتند و مینا کاملاً مراقب بود که بـا شوهر او زیاد حرف نزند مبادا که خشم مهران را برانگیـزد و مشاجره‌ای تازه شروع شود.

یکی از شب‌های گرم تابستان بود. مینا که مثل همیشه تمام روز را تنها در خانـه مانده بود، از شدت گرما و هوای دم‌کردۀ آپارتمان کوچکشان بی‌حال شـده بـود و حوصلۀ هیچ کاری را نداشت. مهران از سر کار آمده بود و بعد از خـوردن شـام در آشپزخانه با برادرش در آمریکا مشغول مکالمۀ تلفنی بود. مینا متوجه شد مهران، که اول با صدایی بلند سخن می‌گفت، ناگهان شروع به پچ‌پچ کرد.

علی‌رغم کلافگی از گرما و ترس از مهران کنجکاو شد به حرف‌های او گوش کند. آهسته پشت در رفت و در کمال ناباوری شنید کـه دربارهٔ او حـرف می‌زند. می‌گفت مینا همسری تنبل و دست‌وپا چلفتی است که تا لنگ ظهر می‌خوابد. زنی عصبی و پرخاشگر که عادت دارد دعوا راه بیندازد و علاوه بر این جاه‌طلب و پول‌پرست است.

مینا با حیرت تمام شنید که تمام مشاجرات این چند ماه اخیـر تقصیـر او بـوده و هیچ حرفی از کتک‌های که خورده بود گفتـه نشـد. خـون در رگ‌هـای مینـا بـه جوش آمد. واقعاً این چه مرد دیوانه‌ای بود که مینا ندیده و نشـناخته بـه عقدش درآمـده بـود؟ مشـکل ایـن آدم چـه بـود؟ چـرا این‌همـه دو رو و دروغ‌گـو بـود؟ درحقیقت، این مینا بود که باید تلفن را برمی‌داشت به خویشانش زنـگ مـی‌زد و لب به شکوه می‌گشود.

مینـا عصبانی بـه آشپزخانه رفـت و بـه او خیـره شـد و مهران بلافاصله بـا معذرت‌خواهی خداحافظی کرد. گوشی را گذاشت و به مینا نگریست و گفت:

- از کی تا حالا این حقو پیدا کردی که به تلفن‌های من گوش بدی؟

مینا آهسته‌آهسته به سمت او رفت و لیوان آبی را که روی میز بـود برداشـت و به‌صورت مهران پاشید و داد زد:

- تف به اون ذات دروغ‌گوت. چرا از کثافت‌کاری‌های خودت نگفتی که این‌همـه تو این مدت منو کتک ...

اما حرف در دهانش ماسید؛ مهران خشمگین جلو آمـد و چنـد سیلی پیاپی بـه گوشش زد. مینا از شدت درد جیغ بلندی کشید و سپس اشک‌هایش ریخـت. مهران از ترس شروع به بستـن پنجره‌هـا کـرد کـه صـدا بیـرون نـرود، اما مینا هیستریک جیغ می‌کشید و گریه می‌کرد. مهران بـا ناسـزا بـه او دسـتور سـکوت می‌داد و می‌خواست او را ساکت کند.

شاید یک ربع ساعت به این نحو گذشت که زنگ در آپارتمان به صدا درآمد.

همسایه‌ها از شنیدن جیغ و فریاد مینا به پلیس زنگ زده بودنـد. بـه‌محض اینکـه مهران در را گشود داخل آپارتمان کوچک پر از پلیس شد. مینا شـوکه بهـت‌زده، ساکت و بی‌حرکت روی زمین نشسته بود. پلیسی به طرفش آمد و چیـزی گـفت که مینا نفهمید   و با چشمان اشک‌آلود حیران نگاهش کرد. پلیس این بار به زبان انگلیسی پرسید که چه اتفاقی افتاده است. مینا احساس خطر کـرد و فهمیـد اگـر حرفی از کتک خوردن بزند کار به جاهای باریک می‌کشد و همان‌طور که مهران نیز در تهدیدهایش می‌گفت، به ایران برگردانده می‌شود.

با خودش گفت این اتفاق هرگـز نبایـد بیفتـد، جـواب دوسـت و فامیـل را چـه می‌داد؟ مادر بیچاره‌اش از غصه دق می‌کرد.

مینا درحالی‌که هنوز اشک از چشمانش می‌بارید به پلیس گفت:

- چیزی نیست، اتفاقی نیفتاده من فقط دلم برای وطنم و پدر مادرم تنگ شـده همین.

پلیس با ناباوری به او نگاه کرد. بعد به طرف مهران رفت و با خشم و داد و بیـداد به مهران چیزی گفت. یک پلیس زن مینا را به اتـاق خـواب بـرد و از او خواسـت حقیقت را بگوید، اما مینا همان حرفی را که به پلیس قبلی گفته بود تکرار کرد. وقتی از اتاق بیرون آمدند مینا دید که مهران با رنگ پریـده و نگـران بـه طـرفش آمد و گفت:

- اینا حرفتو باور نمی‌کنن. می‌گن ما باید باهاشون به ادارهٔ پلیس بریم.

قلب مینا از ترس فرو ریخت. ناگهان مهران را محکم در آغوش گرفت و بوسـید. سپس رو به پلیس‌ها کرد و تند و تند گفت:

- نه، نه! ما به ادارهٔ پلیس نمی‌آییم. چیزی نشده. من خیلی روزها غربت‌زده می‌شم و گریه می‌کنم. شوهرم هرگز منو کتک نزده، با من مهربونه.

پلیس‌ها در کمال ناباوری به مینا و مهران، که سخت یکدیگر را در آغوش گرفته بودند، نگریستند و بعد به هم چیزی گفتند و رفتند. مینا موفق شد از آبروریزی جلوگیری کند. مهران شرمزده از او عذرخواهی کرد، گرم و طولانی در آغوشش گرفت و بوسیدش. آن‌قدر نوازشش کرد که او از شدت خستگی در آغوش شوهرش از حال رفت و به خوابی عمیق فرو رفت.

بعد از این اتفاق تلخ تا مدتی تقریباً همه‌چیز آرام بود و مینا با خودش فکر می‌کرد بعد از جریان پلیس دیگر مهران جرئت دست‌درازی به او را ندارد، غافل از اینکه مهران این بار برگ برنده را در دست داشت. حالا فهمیده بود هر بلایی سرش بیاورد او از ترس دیپورت شدن، هرگز دهانش را باز نخواهد کرد.

یکی دیگر از روزهای تابستانی، مهران بلیت کشتی خریده بود تا با مینا به جزیره‌ای در فنلاند بروند. کشتی ساعت هشت از بندری در جنوب استکهلم حرکت می‌کرد و مسافران باید از یک ساعت قبل در آنجا می‌بودند. یکشنبه صبح که قرار بود کشتی سوار شوند، مهران فراموش کرده بود زنگ بیداری بگذارد و هر دو خوابشان برد. یک‌باره ساعت هفت و نیم صبح از خواب بیدار شدند.

مهران با ترشرویی و دادوبیداد به مینا دستور داد حاضر شود. وقت کم بود، مینای بیچاره از ترسش به سرعت لباس‌هایش را پوشید و سوار ماشین شدند. فقط یک ربع وقت داشتند. مهران مثل دیوانه‌ها رانندگی می‌کرد و به زمین و زمان ناسزا می‌گفت، اما با وجود عجلهٔ فراوان و شتاب مهران باز هم نتوانستند سوار کشتی شوند و درست وقتی که از ماشین پیاده شدند، کشتی به حرکت درآمد.

مهران به‌شدت خشمگین شده بود و با صدای بلند ناسزا می‌گفت. از خوش‌شانسی یا بدشانسی، در آن صبح گرم و داغ روز یکشنبه بعد از رفتن

کشتی بندر هم خالی بود. مهران با تندخوئی به مینا گفت که دوباره سوار اتومبیل شود. مینا که از گرمای شدید و همچنین از طرز رانندگی مهران دچار تهوع شده بود به‌کندی به طرف ماشین راه افتاد. این کار او برای دیوانه کردن مهران عصبی در آن لحظه کافی بود. با خشونت به طرف او رفت، یقهٔ لباسش را گرفت و او را به طرف ماشین کشاند. مینا التماس کرد که مهران ولش کند، اما مهران به‌جای این کار مشتی به شانه‌اش کوبید و چند لگد هم به رانش زد.

مینا به‌خوبی دید که از فاصله‌ای نه‌چندان دور در پایین بندر چند مرد ایستاده بودند و با حیرت به این صحنه نگاه می‌کردند، اما طبق معمول هیچ‌کدام برای نجات مینا کاری نکردند. مهران کشان‌کشان او را به طرف ماشین برد و روی صندلی پرت کرد. سپس، در را بست و به طرف خانه راند.

وقتی به خانه رسیدند مینا مستقیم به حمام رفت تا صورت گریانش را بشوید. از یادآوری آنچه دقایقی قبل اتفاق افتاده بود، حالت تهوع به او دست داد. روی فرش داخل حمام نشست، سرش را با دست‌هایش گرفت و به فکر فرو رفت. باید چه می‌کرد؟ نه راه پس داشت و نه راه پیش. آیا برای اینکه سال قبل از روی نادانی، ندیده و نشناخته به مردی بله گفته بود مجبور به تحمل این‌همه شکنجه بود؟ آیا قادر بود که به همه‌چیز پشت پا بزند و از چنگ مهران فرار کند؟ کجا را داشت که برود؟ نه کسی را در غربت داشت و نه جایی برای پنهان شدن، مسلماً پس از چند روز سرگردانی در خیابان‌ها مجبور بود به ادارهٔ پلیس برود و در آن صورت به دلیل نداشتن اقامت به ایران فرستاده می‌شد. پس چاره چه بود؟ آیا باید دو سال این وضع را تحمل کند و پس از دو سال که اقامت دائمی گرفت فرار کند؟ آن موقع هم جایی برای رفتن نداشت و به‌طور حتم در پناهگاه زنان ساکن می‌شد. آیا واقعاً می‌توانست در چنین مکان‌هایی با زن‌هایی که از ترس مردانشان در آنجا پنهان شده‌اند زندگی کند؟ نه، هرگز! هرگز نمی‌توانست. او به دنبال زندگی آبرومندانه و ادامهٔ تحصیل و پیشرفت به اروپا آمده بود نه اینکه مثل زن‌های

بدبخت و فقیر در گوشه‌ای به خرج دولت زندگی کند و از ترس شوهرش در خفا و ترس شب را روز کند. ناگهان فکری به سرش زد. کمد پشت آینه حمام را باز کرد و ژیلتی کهنه در آنجا پیدا کرد. گریه‌کنان داشت بیهوده تلاش می‌کرد تا با تیغ کند ژیلت رگ دستش را بزند که همان موقع مهران وارد حمام شد. او که ظاهراً از طولانی ماندن مینا در حمام نگران شده بود و به داخل حمام آمده بود،با دیدن این صحنه حمله‌کنان تیغ را از دست مینا گرفت و او را از حمام بیرون انداخت. دختر بیچاره که به مرز جنون رسیده بود، از شدت اندوه و خستگی روی فرش هال غش کرد.

روز بعد ازاین حادثۀ تلخ بود که مینا با تابش نور خورشید روی صورتش از خواب بیدار شد و به گذشته فکر کرد. حالا دقیقاً چهار ماه از پروازش به این قفس می‌گذشت.

فصل سوم

روزها از پی هم می‌گذشت و مینا در انتظار شروع شدن کلاس‌های زبان سوئدی روزشماری می‌کرد. چند کتاب آموزشـی از کتابخانـه امانـت گرفتـه بـود و وقتـی حوصله‌اش سر می‌رفت، کتاب‌ها را می‌خواند. گاهی هم در تنهـایی از دوری وطن اشک می‌ریخت.

بـا مـادرش بیشـتر نامه‌نگاری می‌کـرد، امـا در نامـه‌هایش و حتـی در مکالمـات تلفنی‌اش هیچ اثری از شکوه و شکایت نبود و ادعـا می‌کـرد زنـدگی آرام و خـوبی دارد. خوب می‌دانست که مادرش نه کمکی مـی‌توانـد بـه او بکنـد و نـه کـاری از دستش برمی‌آید. گفتن این حرف‌ها تنها باعث می‌شد زانوی غم در بغـل بگیـرد و از غم دوری دختر اسیرش در غربت بیمارتر شود.

مینا با خودش فکر می‌کرد که باید زبان سوئدی را در حد عالی یـاد بگیـرد؛ زیـرا این اولین قدم برای خلاصی از اسارت مهران بود. صبح روزی که کلاس شروع شد شوق و شوق عجیبی داشت. چند ساعتی حضور در کلاس و دور بـودن از کنتـرل مهران قطعاً حالش را بهتر می‌کرد. شب قبل مهران حسابی برایش تعیـین تکلیـف کرده بود که چطور باید لباس بپوشد و از دادن تلفن منزلشان بـه آدم‌هـای دیگـر خودداری کند. مینا حق نداشت با همکلاسی‌های مرد صحبت کند و باید مستقیم از کلاس به خانه برمی‌گشت. او هم از ترسش قول داده بـود کـه همـهٔ حرف‌هـای مهران را گوش کند، فقط حواسش به یادگیری زبان باشد و با هیچ‌کسـی دوسـتی نکند.

هفتهٔ قبل از شروع کلاس زبان سوئدی در اواخر تابستان بود که بنا بـه خواسـت خود مهران مهمانی گرفتند و اولین سالگرد ازدواجشان را جشن گرفتند. به دلیـل نداشتن فضای کافی مهمانانشان طبق معمـول فقـط خالـه و دو نفـر از دوستان

نزدیک مهران بودند. زندگی آن‌ها در ظاهر کامل و بی‌نقص بود. مهران مثل همیشه ماسکش را زده بود و در مقابل آدم‌های دیگر بسیار با محبت و با عشق با همسرش رفتار می‌کرد. حتی ساعتی گران‌بها هم به او هدیه داد. مشکل بود بتوان فهمید در پشت لبخند این مرد به‌ظاهر مؤدب و دوست‌داشتنی دیوی پلید نهفته است؛ هیولایی که به همسر بی‌گناهش حمله می‌کند و جسم و روح او را به شکلی غیرقابل‌تصور و ناجوانمردانه آزار و شکنجه می‌دهد.

مینا تبریکات مهمانان را با لبخند تحویل می‌گرفت، اما در دلش فکر می‌کرد سالگرد عزا بیشتر برازندهٔ این مهمانی است تا سالگرد عروسی ...

به هر صورتی که بود این مهمانی نمایشی پایان یافت و مینا از رفتن مهمانانش خوشحال شد. او در این مدت آن‌قدر از دست همسر متظاهرش زجرکشیده بود و قلبش چنان لبریز از غم و اندوه بود که دلیلی برای جشن و سرور نمی‌دید. از صمیم قلب از اینکه با این مرد سنگدل ازدواج کرده بود و برای شروع زندگی بهتر خانواده‌اش را رها کرده و به غربت آمده بود، سخت پشیمان بود. گاهی وقت‌ها آرزو می‌کرد کاش می‌توانست عقربهٔ ساعت را به عقب برگرداند تا هرگز گول ظاهر این نامرد را نخورد و به این روز سیاه نیفتد. زندگی او شاید در ظاهر بسیار ایدئال بود اما او در حقیقت در جهنم زندگی می‌کرد، جهنمی واقعی. او مثل پرنده‌ای کوچک در قفس مهران اسیر بود و زجرآورتر از همه این بود که او با بال‌های خودش به این قفس پرواز کرده بود.

به‌هرحال آب ریخته را نمی‌شد جمع کرد و تنها راه پیش رویش این بود که با فراگیری زبان سوئدی برای رسیدن به استقلال تلاش کند و نخستین گام را در مسیر آزادی‌اش بردارد.

پاییز زیبای استکهلم فرا رسید و مینا سخت درگیر فراگیری زبان بود. یک روز که از مدرسه به خانه آمد مهران را دید که روی مبل دراز کشیده و به سقف خیره

شده بود. با تعجب از او پرسید که چرا سر کـار نرفتـه و او جـواب داد کـه حـالش خوب نیست.

این اولین بار بود که مهران واقعاً ناخوش بود، اما مینا از مدت‌ها قبل بـه سـلامت عقل او شک کرده بود، حتی گاهی متوجه شـده بـود کـه مهران شب‌ها قبل از خواب پنهانی به آشپزخانه می‌رود و قرص می‌خورد؛ به همین دلیل زیـاد متعجب نشد، ولی از ترس جرئت نکرد سؤال بیشتری بپرسد.

مهران چند روز متوالی در خانه ماند. قیافه‌اش خیلی خسته و تکیده به نظر مـی‌ آمد. شب‌ها تا صبح راه می‌رفت و صدای پایش روی پارکت‌های کهنـه مینـا را از خواب بیدار می‌کرد. یک بار که نیمه‌شب به تخت آمد، تا مینا گلـه کـرد کـه چرا بیدارش کرده، لگدی محکمی توی شکمش فرود آمد که زبانش از ترس بسته شد و چیزی نگفت.

مهران روزبه‌روز مریض‌تر و پرخاشگرتر می‌شـد و مینـای بیچـاره از تـرس کتـک خوردن و آبروریزی چیزی نمی‌گفت. فقط می‌دید که مهران شب‌ها نمی‌خوابـد و روزها با رادیو و وسایل برقی بازی می‌کنـد. گـاهی هـم وسـایل صـوتی تصویری می‌خرید که اصلاً نیازی به آن‌ها نداشتند و از صبح تا شب با آن‌ها سروکله مـی‌زد و بازی می‌کرد. مینا از بی‌خوابی شب‌ها و درس روزانه کلافه و درمانده شـده بـود، اما هیچ‌کس را نداشت کـه بـه او پناه ببرد. به‌شـدت از مهـران می‌ترسید. تنهـا خویشاوندشان خالۀ مهران بود، اما از ترس مهران جرئت نمی‌کـرد بـا او تمـاس بگیرد و کمک بخواهد.

یک روز که از آموزشگاه به خانه آمد، متوجه شد مهران در خانه نیست، امـا خانـه بسیار آشفته و به‌هم‌ریخته بود. مینـا از اینکـه مهـران در خانـه نبـود خوشـحال و هم‌زمان دچار دل‌شوره شد که با آن حال ناخوشش کجا می‌توانست باشد. با خـود فکر کرد شاید به خانۀ خاله‌اش رفته باشد.

به‌هرحال خانه را تمیز کرد، غذا پخت و درسش را خواند. ساعت ۱۱ شب شده بود و از مهران هیچ خبری نبود. به تلفن همراهش زنگ زد، اما او جواب نداد. خواست به خاله زنگ بزند، اما پشیمان شد؛ چون دیروقت بود. عاقبت از انتظار کشیدن خسته شد و پریشان و آشفته به رختخواب رفت.

دلش خیلی شور می‌زد. علی‌رغم همه اتفاقات و بلاهایی کـه مهـران در ایـن چنـد ماه اخیر به سرش آورده بود باز هم او همسرش بود و مینا نمی‌توانست نسـبت بـه او بی‌تفاوت باشد.

آن شب مینا دچـار کابوس شـد. صـدای پـای مهـران را روی پارکت‌هـای خانـه می‌شنید و فکر می‌کرد او به خانه برگشته است. هراسان بیدار می‌شـد ولـی فقط تنهایی بود و سکوت و تاریکی شب.

این اولین بار بود که دختر جوان شب را تنها به سر می‌بـرد. در ایـران همیشـه در کنار خانواده زندگی کرده بود و اینجا هم مهران را داشت. به‌راستی ایـن غربـت و بی‌کسی چه تلخ بود. دوباره خود را لعنت کرد که چرا به این ازدواج تن داده و بـه خارج آمده بود.

ساعت شش صبح صدای تلفن منزل مینا را بیدار کرد. مهران بود کـه بـا صـدایی خواب‌آلود و عجیب حرف می‌زد. برای مینا تعریـف کـرد کـه روز قبـل در خیابـان فشارش افتاده و غش کرده و با آمبولانس به بیمارستان منتقل شده است. از مینـا خواست پیشش بیاید او هم به‌سرعت به سمت بیمارستانی کـه مهـران گفتـه بـود حرکت کرد. پرسان‌پرسان به سوئدی و انگلیسی با مترو بـه آنجـا رسیـد و بخـش اورژانس بیمارستان را پیدا کرد.

مهران پریشان و آشفته در تختی خوابیده بود. با دیدن مینا مثل کودکی شـد کـه مادرش را دیده، ذوق‌زده از تخت بیرون آمد و او را محکم در بغـل گرفـت. فشـار آغوشش به حدی بود که مینا دردش آمد و خواست که از بغلش بیرون بیاید، ولی

مهران همچنان به‌زور او را به خود چسبانده بود. در همین موقع پرستاری که به اتاق آمد این صحنه را دید و مینا را از آغوش مهران درآورد.

مینا بهت‌زده به مهران نگاه کرد و با خود فکر کرد به سر این مرد جوان چه آمده است. هرگز او را این‌گونه ندیده بود. پرستار به مینا اشاره کرد که از اتاق بیرون بیاید و در راهرو به مینا چیزی گفت. مینا با سوئدی دست‌وپاشکسته به پرستار فهماند که خوب زبان نمی‌داند و تازه به سوئد آمده است. پرستار با نگاهی بسیار عجیب به او خیره شد، نگاهی پر از دلسوزی که مینا علتش را نفهمید و بعد به انگلیسی برایش توضیح داد که مهران به‌زودی با آمبولانس به بیمارستان دیگری منتقل می‌شود و مینا که همسرش است حق دارد با او هم‌سفر شود.

ساعتی بعد مینا و مهران جلوی بیمارستانی از آمبولانس خارج شدند. البته، او قبلاً هم چند بار با شوهرش به اینجا آمده بود و مهران هر دفعه به او گفته بود که برای انجام آزمون سلامتی باید دکتر را ملاقات کند. دقایقی بعد زنگ در بخشی را به صدا آوردند که درش قفل بود. پرستاری در را باز کرد و همگی با هم وارد بخش شدند. پرستارهای آمبولانس توضیحاتی دادند. سپس، گزارش پزشکی مهران را به دست پرستار مسئول دادند و رفتند. مینا به اطرافش نگاهی کرد و مات و مبهوت شد.

اینجا بخش روانی بود که آدم‌های بیمار با قیافه‌های ژولیده و آشفته و حرکاتی عجیب‌وغریب در سالنش راه می‌رفتند.درست شبیه صحنه‌هایی بود که در فیلم‌ها دیده بود، اما مهران چرا به اینجا منتقل شده بود؟ برگشت تا ببیند مهران کجاست که با حیرت دید مهران با یکی از بیماران که مردی بلوند و ریشو بود و روزنامه‌ای در دست داشت حرف می‌زند. ثانیه‌ای بعد مهران به‌زور می‌خواست روزنامه را از او بگیرد، اما مرد ریشو آن را سفت گرفته بود و رها نمی‌کرد. ناگهان مهران گلوی او را گرفت، فریادی کشید و با او درگیر شد.

مینا از میان فریادهای مهران متوجه شد که آن مرد را جاسوس می‌نامد. چند پرستار مرد به‌سرعت مهران را گرفتند و او به اتاقی بردند. مهران با داد و بیداد چیزی می‌گفت که مینا نمی‌فهمید، اما از لحن کلامش پیدا بود که به آن‌ها بدوبیراه می‌گوید.

آه از نهاد مینا برآمد. حیرت‌زده و خاموش خود را روی صندلی کنار در انداخت تا از شدت ناراحتی روی زمین نیفتد و سرش را در دستانش گرفت.

پس که این‌طور! مهران بیماری روانی داشت. حالا جواب تمام ابهاماتش را گرفت، درست مثل معمایی حل‌شده و پازلی که همهٔ قطعاتش بر سر جای خود قرار گرفته‌اند. حالا علت تمام خشونت‌ها و بدبینی‌ها و آزاری را که در این مدت از سوی مهران متحمل شده بود، فهمید. اما پس چرا کسی به او چیزی نگفته بود؟

با خود فکر کرد چه سؤال احمقانه‌ای! سپس در خاطراتش به عقب برگشت و به خاطر آورد که مادر مهران چند بار در ایران به او گفته بود که مهران زود عصبانی می‌شود، اما بعد از عروسی‌شان این را گفته بود.

غرق در افکار خود بود که زنگ بخش به صدا درآمد و رشتهٔ افکارش را پاره کرد. خالهٔ مهران وارد شد. پس مهران خاله را هم خبردار کرده بود. مینا تا خاله را دید مثل کودک تنهایی که مادرش را می‌بیند بغض کرد. فکر می‌کرد خاله هم مثل او نگران مهران است و مثل او تعجب کرده که چرا مهران را به اینجا آورده‌اند.

اما خاله به‌ظاهر آرام بود. مینا و خاله مشغول صحبت شدند که پرستاری به طرف آن‌ها آمد. طبق رسم سوئدی‌ها سلام کرد، با خاله دست داد و خودش را معرفی کرد و گفت:

- من شما را دفعهٔ قبل هم به که اینجا آمده بودید ملاقات کردم.

ناگهان خاله سرخ شد و با تشویش حرف پرستار را قطع کرد و گفت که احتیاجی به توضیح بیشتر ندارد. خاله پیش خودش فکر کرد که مینا متوجه مطلب نشد،

ولی مینا که به‌خوبی جملات او را فهمیده بود ،دوباره در حیرت فرو رفت و ساکت و خاموش به خاله خیره شد.

با خودش فکر کرد که این‌طور، پس این بار اول هـم نیسـت کـه مهـران بسـتری می‌شود. خاله خانم هم که خبر داشته چیزی به مینا نگفته است.

مینا کـه بـه‌شـدت از خالـه دلخـور شـده بـود و دلـش نمی‌خواسـت او را ببیند، خداحافظی کرد و گفت که باید به کلاسش برسد.و خالـه قـول داد کـه مواظب مهران باشد و به مینا تلفن بزند.

مینا بیمارستان را ترک کرد، اما پای رفتن به کلاس زبان را نداشـت. سـوار قطـار شد و به خانـه رفـت. و وقتـی بـه خانـه رسـید خـودش را روی تخـت انـداخت و ساعت‌ها با صدای بلند گریست. فکر می‌کرد الآن دوباره همسایه‌هایی که صدایش را می‌شنوند، کلافه می‌شوند و به پلیس زنگ می‌زنند. اما آن موقع صبح جـز بـاز نشسته ها وسالمندان کسی در خانه نبـود و مینـا کـه دیگـر اهمیتـی بـه چیـزی نمی‌داد، آنقدر گریه کرد تا اشکش تمام شد.

این یکی دیگر از تلخ‌ترین، طولانی‌ترین و دردناک‌ترین روزهای عمرش بود. همـۀ آرزوهایش مثل حبابی شیشه‌ای شکست و هزار تکه شد. قلبش از این‌همـه ظلم زمانه غرق اندوه شده بود و خـود را غریب‌ترین و بدبخت‌ترین موجود دنیا احسـاس می‌کرد. در این چند ماه اخیر مینـا عـادت داشـت در روزهـای تنهایی‌اش آلبـوم عکس‌هایش را ورق بزند و هر بار از دیدن عکس مادر و پدرش به گریـه می‌افتـاد. خدا می‌دانست که چقدر دلتنگشـان بـود و در حسـرت دیدارشـان شـب و روز را می‌گذراند. این بار از تماشای عکس‌های عروسی‌اش غمش هزار بار سنگین‌تر شـد. قلبش از شدت اندوه فشرده شد و از چشمانش بـه‌جای اشـک خـون باریـد. سـال گذشته دختر خوشبختی بود کـه در لبـاس سـپید عروسـی می‌درخشـید و همـۀ چشم‌ها را بـه خـود خیـره کـرده بـود. آن شب یکـی از قشنگ‌ترین شب‌های

زندگی‌اش بود و در کنار مرد دلخواهش خود را عمیقاً خوشبخت احساس کرده بود. واقعاً مهران مرد رؤیایی خیلی از دخترها بود که به مینا دل بسته و او را به همسری انتخاب کرده بود. مردی خوش‌ظاهر، تحصیل‌کرده و از خانواده‌ای خوب و سطح بالا که مقیم کشوری اروپایی بود، اما صد افسوس که در پشت این ظاهر آرام و مؤدب و لبخند فریبنده رازی وحشتناک وجود داشت. این جوان به‌ظاهر بی‌نقص و عالی سال‌ها قبل به دلیلی به بیماری روحی مبتلا شده بود و با کمک قرص و دارو خود را سر پا نگه می‌داشت. علاوه بر این، برخلاف ظاهر آرامش، آتشی زیر خاکستر بود که در موقع عصبانیت شعله‌ور می‌شد. اما گناه مینا چه بود که بی‌خبر از این مسئله به عقد ازدواج دائم مهران درآمده بود و با او عهد و پیمان زناشویی بسته بود؟ او چگونه می‌توانست در آن مدت کوتاه به راز وحشتناک مهران پی ببرد و از این ازدواج صرف‌نظر کند؟

به‌طورقطع دختران بسیاری هر ساله از این طریق ازدواج و به کشوری دیگر مهاجرت می‌کنند، اما همهٔ مردهایی که به قصد ازدواج به کشور خودشان می‌روند، مانند مهران به بیماری‌های روحی و روانی بدخیم مبتلا نیستند. این فقط بدشانسی این دختر بینوا بود که ندانسته در این دام گرفتار شده و به این روز اسفناک افتاده بود. مینا اشک می‌ریخت و مرتب به این مسئله فکر می‌کرد، اما هرچقدر که می‌اندیشید راه چاره‌ای نمی‌یافت. سرانجام، به این نتیجه رسید که باید مدتی دیگر نیز صبر کند و با مهران زندگی کند تا شاید گذر زمان تحمل این اوضاع را برایش آسان‌تر کند.

مهران باید مدتی در بیمارستان بستری می‌شد. خاله دربارهٔ بیماری‌اش اطلاعاتی به مینا داد که معلوم نبود تا چه اندازه صحت داشتند. قضیه از این قرار بود که چند سال قبل در شبی زمستانی، مهران دیروقت پیاده به سمت خانه‌اش می‌رفته که ناگهان مردی ناشناس با هدف سرقت به او حمله کرده است. مهران مقاومت کرده و آن‌ها با هم درگیر شده بودند. سارق ضربه‌ای محکم به سر مهران وارد

کرده که سبب شده او مدتی در بیمارستان بستری شود. مهران زنده ماند، اما به دلیل شوک روحی شدیدی که به او وارد شده بود به بیمارستان روانی منتقل شد. از آن موقع به بعد داروی اعصاب مصرف می‌کند و خیلی سریع از کوره به در می‌رود. بدون دارو هم دچار بی‌خوابی و شک و تردید شدید می‌شود.

خاله به مینا گفت مادر مهران و بقیه خانواده‌اش از این موضوع خبری ندارند. وقتی فهمید مهران با همسرش خشونت کرده است، ظاهراً بسیار ناراحت شد و قول داد از این به بعد حامی مینا باشد و با مهران صحبت کند تا رفتارش را با مینا تغییر دهد. از مینا هم خواهش کرد که مهران را تنها نگذارد و به عهد و پیمان زناشویی‌اش وفادار بماند. مهران با تمام این احوال پسری تحصیل‌کرده بود و زندگی نسبتاً خوبی برای مینا فراهم کرده بود. مهران پس از مرخص شدن از بیمارستان بسیار آرام و مهربان شده بود و بابت زجری که در این مدت مینا متحمل شده بود از او عذرخواهی کرد.

مینا چه می‌توانست بکند جز اینکه مهران را ببخشد و در انتظار روزهای بهتری با او باشد، اما آیا تصمیم درستی گرفته بود که با مهران بماند؟

جواب این سؤالش را چند سال بعد گرفت.

فصل چهارم

دو سال زندگی با مهران مثل برق گذشت. مینا اقامت دائمی گرفت و بعد از گرفتن اقامتش با خیال راحت به ایران سفر کرد. خیلی برایش تعجب‌آور بود که مهران به او اجازه داده بود تا به‌تنهایی برای دیدار مادر و پدرش برود. با خود فکر کرد حالا که اقامت دائم گرفته حتماً مهران مجبور است از ترس اینکه مبادا مینا طلاق بگیرد، آزادی بیشتری به او بدهد. به‌هرحال یک ماه مسافرت به ایران سریع گذشت و مینا که فکر می‌کرد عاقبت روزی زیر مشت و لگدهای مهران کشته می‌شود و دیگر هرگز خانواده‌اش را نخواهد دید، از دیدار آن‌ها بسیار خوشحال و راضی بود. دربارهٔ مشکلات و بیماری مهران با خانوادهٔ خودش یا بستگان شوهرش هیچ صحبتی نکرد. در خیال خامش این راز و مشکل زندگی او بود و حق نداشت والدین خودش و شوهرش را با این غم بزرگ و مشکل سخت بیازارد. مادر مهران که زنی سالخورده بود، آرزو داشت فرزند پسرش را ببیند و با التماس از مینا خواست تا قبل از این که او از دنیا برود بچه‌دار شود.

مهران با مصرف داروهایش آرام بود و در این اواخر دیگر با مینا خشونت نکرده بود، اما مطمئناً با اخلاق تند و عصبیتی که داشت حتماً تحمل گریه و فریاد نوزاد هم برایش دشوار و طاقت‌فرسا بود. اما مادر مهران از بیماری پسرش اطلاعی نداشت. روز پرواز مینا از ایران فرا رسید و دختر بیچاره موقع خداحافظی در

فرودگاه به‌جای اشک خون می‌گریست. مادرش را در بغل گرفته بود و مرتب تکرار می‌کرد: غریبم، غریبم ...

تمام اشک‌هایش را به پای غریب بودن گذاشت، اما درحقیقت بـه حـال خـودش می‌گریست که در دو سال اول زندگی مشترک با شوهرش آن‌چنان ظالمانـه آزار دیده بود. گریه‌اش از ستم روزگار بود که شوهری بیمـار نصیبش کـرده بـود، امـا حالا که اقامت داشت، چرا پای رفتن نداشت؟ چرا خود را مجبور می‌دیـد در ایـن زندگی بماند و با شوهری بیمار بسازد؟ او زنی بسیار عـاطفی و بیش‌ازحـد دلسوز بود و با وجود تمام بلاهایی که همسرش از ابتدای زندگی به سرش آورده بود، بـه طرزی مادرانه برایش دلسوزی می‌کرد و خود را موظف می‌دید در کنار او بماند تـا بتواند در سختی‌ها و بیماری‌ها کمکش کند.

چند ماه از سفرش به ایران گذشت و درست اوایل پاییز بود که متوجه شد بـاردار است. این خبر مسرت‌بخش به‌سرعت در استکهلم، ایـران و امریکـا توسـط پـدر خوشحال پخش شد. مهران از اینکه به‌زودی پدر می‌شـود بسـیار خوشـحال بـود. مثل پروانه دور مینا می‌چرخید و همهٔ خواسته‌های او را برآورده می‌کـرد. مینـا از مشاهدهٔ ذوق بیش‌ازحد شوهرش غرق در حیرت بود. در این دو سال هرگز متوجه نشده بود که مهران تا این اندازه در اشتیاق داشتن فرزنـد بـوده اسـت. در همـان اوایل حاملگی مینا بود که مهران دوباره بیمار شد. عمر خوشبختی مینا بـه دلیـل مادر شدنش و رفتـار مهربانانـه و عاشـقانهٔ مهران بسـیار کوتـاه بـود؛ زیـرا حـس شادی‌اش به‌سرعت به یأس و ناامیدی تبدیل شد. تمام علائم بیماری درست مثل دو سال قبل بود، با این اختلاف که این بار مینا به‌خوبی در جریان بیماری او بـود و کاملاً می‌دانست چه اتفاقی در شرف وقوع است و چه بایـد بکنـد. بـه‌سـرعت بـا پزشک معالج مهران تماس گرفت تا موضوع را برایش بازگو کند، اما چـون شـروع بیماری در غروب روز جمعه بود امکان دسترسی به دکتر و درمانگاه وجود نداشت. تنها اورژانس بیمارستان در دسترس بود که آن‌ها هم فقط بیماران خیلـی بـدحال

را می‌پذیرفتند. مهران دچار افسردگی شدیدی شد. تمام روز بعد را در تختخواب دراز کشیده و به سقف اتاق خیره شده بود. در این حال مینا هم که به دلیل حاملگی حال خوبی نداشت، روی مبل اتاق پذیرایی دراز کشیده بود و آرام‌آرام اشک می‌ریخت. به حال خودش، همسرش و نوزاد معصوم و بی‌گناهی که در شکم داشت گریه می‌کرد. ماه قبل غرق در خوشی و خوشبختی بود و حالا دوباره ماتم داشتن مردی بیمار همهٔ وجودش را فرا گرفته بود. غربت و بی‌کسی‌اش بیش‌ازحد بود. ای‌کاش لااقل یک دوست خوب و صمیمی داشت که می‌توانست با او درد دل کند. به دلیل شکاکی و بیماری مهران هرگز جرئت نکرده بود با کسی دوستی و معاشرت کند و حالا بیشتر از همیشه از تنهایی‌اش زجر می‌کشید. شب فرا رسید و مینا ترجیح داد آن شب روی مبل بخوابد تا مهران بتواند به‌تنهایی در اتاق خواب استراحت کند. نیمه‌های شب از شنیدن صدایی که از آشپزخانه می‌آمد از خواب بیدار شد.

ابتدا خواب‌آلود و گیج بود و نتوانست بفهمد صدای چیست، اما وقتی کمی با دقت گوش کرد متوجه شد صدای تیز کردن چاقو با چاقوتیزکن است. خانه غرق تاریکی بود. هیچ چراغی روشن نبود، اما صدای تیز کردن چاقو همچنان به گوشش می‌رسید. قلب مینا برای لحظه‌ای از تپش ایستاد و تمام بدنش شروع به لرزیدن کرد. مهران در آشپزخانه مشغول تیز کردن چاقو بود اما برای چه کاری؟ یک لحظه فکر کرد که بیماری مهران شدید شده و در توهماتش قصد کشتن مینا را کرده است. از ترس جرئت نداشت از جایش بلند شود.

دقیقه‌ای سرش را زیر پتو فرو کرد و به صدای تیز کردن چاقو در آشپزخانه گوش داد. فکر اینکه مبادا مهران در آن حال بیماری خود را با چاقو زخمی کند باعث شد با وجود ترس و وحشت عظیمی که سراسر وجودش را فرا گرفته بود از جا برخیزد. آرام و آهسته در حالی که روی نوک پا راه می‌رفت، به آشپزخانه رفت.

در سیاهی شب مهران را دید که در آشپزخانه همچنان مشغول تیز کردن چاقویی بسیار بزرگ است. وقتی آرام و بی‌صدا از پشت سر به او نزدیک شد یک پارچ بزرگ پر از آب روی کابینت آشپزخانه دید و کنارش تختهٔ گوشت‌بری که چند لیمو زرد روی آن قرار داشت.

مینا نفس راحتی کشید و خیالش راحت شد. مهران ظاهر فقط قصد داشت با چاقویی تیز لیموها را خرد کند و در پارچ آب بریزد. خیلی آرام و آهسته به او نزدیک شد و گفت:

- مهران، چرا در تاریکی کار می‌کنی؟ کمک می‌خواهی؟

مهران صورتش را برگرداند و با نگاهی عجیب به مینا خیره شد، انگار اولین بار است که او را می‌بیند. هیچ نشانه‌ای از حضور ذهنی در او دیده نمی‌شد. به نظر می‌رسید در خواب راه افتاده بود. مینا با زبانی بسیار خوش و آرام دستش را گرفت و چاقو را از دست او بیرون آورد و در ظرف‌شویی قرار داد. سپس او را به طرف اتاق خواب برد و درست مثل کودکی کمکش کرد تا دوباره روی تخت دراز بکشد، پتو را روی او کشید و با چشمانی اشک‌بار لحظه‌ای او را برانداز کرد. قلبش از شدت همدردی با شوهر جوان و بیمارش پر از خون بود، هرگز کسی با دیدن مرد جوان و خوش سیمایی مثل او نمی‌توانست باور کند که او از بیماری روحی روانی جدی رنج می‌برد. دل مینا از شدت ترحم و دلسوزی برای شوهر بیمارش به درد آمد، آن‌چنان که دلش می‌خواست در آن شب سرد و سیاه پاییزی پنجرهٔ اتاق را باز کند و چنان فریادی بکشد که تمام مردم شهر و محله از قلب مملو از غم و غصه‌اش خبردار شوند.

چه شب سختی بود آن شب؛ زنی جوان و باردار روی مبل اتاق پذیرایی نشسته بود و در سیاهی و سکوت شب مثل ابر بهاری اشک می‌ریخت، درحالی‌که شوهر

بیمارش در اتاق کناری پس از مصرف قرص آرام‌بخش در خوابی عمیق فـرو رفتـه بود.

روز دوشنبه صبح مینا با پزشک مهران تماس گرفـت و پـس از شـرح وضـعیت او خواهش کرد که دستور بستری شدن او را صادر کند. بعدازظهر همان روز مینا شوهر بیمارش را با تاکسی به بخش روانی بیمارسـتانی در شـمال شـهر اسـتکهلم برد و در آنجا بستری‌اش کرد. پس از آن با دلـی پرخـون و قلبـی مالامـال از درد عازم خانه شد تا در کنج خلوت و تنهایی برای بخت بد خویش و کودک بداقبالش گریه کند. حالا کاملا برایش واضح و مسلم شده بود کـه از قـرار معلـوم در آینـده مادری تنها خواهد شد که می بایست فرزند دلبندش را خودش به تنهـایی بـزرگ کند.

فصل پنجم

سه سال از زندگی مشترک مهران و مینا گذشت. آن‌ها صاحب دختر قشنگی شده بودند که اسمش ملینا بود. مهران از اینکه پدر شده بود خیلی خوشحال بود و عاشقانه دخترش را دوست داشت. به مینا قول داده بودبا مصرف داروهایش از بازگشت بیماری جلوگیری می‌کند و زندگی آرام و بی‌دردسری را برای عضو جدید خانواده فراهم می‌کند.

رفتارش با مینا هم هنوز هم مثل زمان بارداری خیلی خوب بود، اما زمانی که ملینا تازه به دنیا آمده بود، بار دیگر دچار توهم شد و در بخش روانی بستری شد. این بار چون مینا گرفتار نوزادش بود، خاله به او کمک کرد و تمام تماس‌ها با کادر پزشکی از طریق خاله بود تا اینکه مهران پس از مدتی کوتاه به منزل آمد.

مینای بی‌کس باز هم در خلوت تنهایی اشک ریخت، اما چاره‌ای جز صبوری نداشت. این خودش بود که ماندن را انتخاب کرده بود و حالا هم باید با بالا و پایین زندگی با این مرد بیمار می‌ساخت.

سعی می‌کرد سرش را با کتاب خواندن، رسیدگی به دخترش و کار خانه گرم کند. حالا زبان را خوب یاد گرفته بود و درحقیقت او هم می‌توانست با پزشک مهران تماس داشته باشد، اما متوجه شده بود که مهران و خاله‌اش با مهارت خاصی تلاش می‌کردند تا مینا را از جریان بیماری او دور نگه‌دارند. در ملاقات‌های مهران با کادر روانکاوی فقط خاله حق شرکت داشت. مینا چند بار به علت این کارشان اندیشید و حتی از پزشک مهران نیز سؤال کرد، اما جواب گرفت که طبق خواستهٔ خود مهران در پرونده‌اش ذکر شده بود که فقط خاله‌اش شخص مورد اعتماد اوست و در موقع ضروری باید با او تماس گرفته شود. بعد از ازدواجش نیز تغییری در پرونده‌اش نداده بود.

آیا این امکان وجود داشت که هر دو راز دیگـری را پنهـان مـی‌کردنـد و بیمـاری مهران وخیم‌تر از آن بود که خاله بیان کرده بود؟ بارها این سـؤال بـه ذهـن مینـا آمده بود. شاید هم از این واهمه داشتند که مینا دربارهٔ بلاهایی کـه مهـران بـه سرش آورده بود برای دکترش صحبت کند.

به‌هرحال مینا حالا کودکی در خانه داشت. باید به فرزنـدش رسیـدگی مـی‌کـرد و دیگر کمتر وقت فکر کردن به این چیزها را داشت. پس از تولـد دخترشـان ملینـا مهران خانه بزرگ‌تری در حومهٔ استکهلم خرید و همان‌طور کـه قبـلاً در حضـور خاله‌اش قول داده بود، از سه سال پیش دیگر دست روی مینا بلند نکرده بـود. در تمام طول بارداری و حتـی بعـد از زایمـان نیـز بـا او کـاملاً مهربـان بـود و همـهٔ خواسته‌هایش را برآورده می‌کرد. بااین‌حال، میل به کنترل مینا و حتی حسادتش را نسبت به او همچنان حفظ کرده بود و گاه‌گاهی با هم دعوای لفظی داشتند، اما کتک‌کاری نشده بود. مینا که کمابیش مثل قبل حق دوستی با آدم‌های بیگانـه را نداشت، در خانهٔ جدید که خارج از شهر بود احساس دلتنگی و افسردگی مـی‌کـرد. از صبح تا شب فقط در خانه بود. بعضی اوقات خلقش تنگ می‌شد، اما وقتی زبـان به اعتراض می‌گشود و از مهران می‌خواست او هم مثل پدرهای دیگر در بچه‌داری کمکی بکند تا مینا بتواند کمی استراحت کند مهران بر سـرش منـت مـی‌گذاشت که پول همه‌چیز را او می‌دهد و مینا زنی تنبل و راحت‌طلب است و حق اعتـراض ندارد. یک‌بار که بگو مگو می‌کردند، مینـا دختـرش را در آغـوش گرفتـه بـود کـه ناگهان مهران از حاضرجوابی مینا عنان اختیار را از دست داد و جلو آمـد و مشـت محکمی به بازوی راست مینا زد. بچه با وجود اینکه چند ماهی بیشتـر نداشت از دیدن این صحنه بسیار ترسید و جیغ بلندی کشید و از شدت گریه ضعف کرد.

تمام وجود مینا از ترس پر شد. لحظه‌ای قلـبش از تپـش ایسـتاد و بـه یـاد تمـام کتک‌هایی افتاد که سه سال قبل از مهران خورده بود. به یادش افتـاد کـه چطـور مدتی طولانی کیسه بوکس مهران شده بود و بـاورش نمـی‌شـد کـه مهران جلـو

چشمان کودکش دوباره او را به کتک بزند. مینا دختر گریانش را به اتـاق بـرد و آرام کرد و خواباند. وقتی از اتاق بیرون آمد، مهران رفته بود. حتماً خودش هم از کاری که کرده بود، نادم و ناراحت شده بود.

مینا چند روز با مهران قهر کرد. درد شدید و کبودی بزرگی در بازویش داشت کـه باعث می‌شد نتواند حتی ملینا را که نوزادی بیش نبود با دست راستش بلند کند.

مینا چند روز در اتاق دخترش خوابید. در تنهایی گریست و آرزو کـرد کـه ای- . کاش می‌توانست مهران را که از قرار معلوم دوباره عادت قبلی‌اش را شـروع کـرد بود، برای همیشه ترک کند، اما چگونه؟

او در ایران بنا به دلایلی موفق به ادامهٔ تحصیل نشد. تصـمیم داشـت آرایشـگری یاد بگیردکه فرصت نشد؛ چون سال بعد از گرفتن دیـپلم دبیرسـتان ازدواج کـرد. بعد از ازدواجش با مهران هم که به‌هیچ‌وجه حق کار کردن نداشـت. پـس چگونـه می‌خواست زندگی خودش و دخترش ملینا را اداره کند؟

از آن روز به بعد سعی کرد از بحث کردن با مهران در حضور ملینا خودداری کنـد و به خاطر دخترش لب به اعتراض نگشاید و صبوری کند.

روزها از پی هم گذشت و ملینا یک‌ساله شد. تولد بزرگی برایش گرفتند که طبـق معمول فقط بستگان و دوستان مهران در آن حضور داشتند. عموی ملینـا بـرایش از آمریکا پیراهن بسیار زیبایی فرستاده بود که در آن درست مثل شاهزاده خانمی کوچولو به نظر می‌رسید. مینا که پیراهن قرمز زیبایی به تن داشت، درسـت مثـل شب عروسی‌اش زیبا شده بود. مهران ترتیبی داده بود که با سفارش کیـک و غـذا از رستوران زحمت همسرش کم شود و حتی برای پذیرایی از مهمانان هم از یـک شرکت خدماتی کمک گرفته بود. مهمان‌ها تـا نیمه‌شب در حیـاط نسـبتاً بـزرگ ویلای آن‌ها به رقص و پایکوبی مشغول شدند. جشنی عالی و بی‌نقص بود، درسـت مثل زندگی مینا که شاید در تصور خیلی از اقوام و دوستان بی‌نقص بود.

در ظاهر همه‌چیز بسیار ایدئال بود و هیچ‌کس نمی‌توانست تصور کند پشت ظاهر این زندگی مرفه مینای بیچاره چقدر اشک ریخته و کتک خورده و مورد ظلم همسر بیمارش قرار گرفته است. تابستان تمام شد و پاییز فرا رسید. مهران پدرش را از دست داد و این حادثه سبب بازگشت بیماری روحی‌اش شد. این بار دچار افسردگی شدیدی شد به‌حدی که حتی قادر نبود به سر کارش برود. مینا مجبور بود تمام روز دختر نوپایش را در در اتاق نگهدارد و با او بازی کند تا مهران بتواند در خانه‌ای بی سرو صدا استراحت کند.

باز هم زندگی مینا وارد دورانی سخت شد. بعضی وقت‌ها با خود فکر می‌کرد آیا روزی این مصیبت‌ها پایان خواهند یافت و مهران سالم خواهد شد. اما خودش هم در اعماق وجودش احساس می‌کرد زندگی بهتری در کنار مهران نخواهد داشت.

مینا خودش را سرزنش می‌کرد که چرا ساده‌لوحانه به حرف خاله گوش کرد و با اطمینان به قول مهران در این زندگی باقی ماند. اما وقتی به دختر زیبایش نگاه می‌کرد، عشق مادری و علاقه به فرزند نازنینش همهٔ غصه‌ها را از یادش می‌برد و تحمل همه‌چیز را برایش مقدور می‌کرد. امیدوار می‌شد که با صبوری بتواند همهٔ سختی‌ها را تحمل کند.

یکی از روزهای ابری و گرفتهٔ آخر پاییز، مهران پیش پزشکش رفته بود و مینا با ملینا تنها بود. از فرصت استفاده کرد و ملینا را بیرون از اتاقش آورد و دو نفری با هم بازی کردند تا جایی که ملینا خسته شد و با گریه می‌خواست در تخت آن‌ها بخوابد.

ساعتی بعد مهران به خانه آمد و خواست بخوابد. مینا از مهران خواست به‌جای تخت دونفره در اتاق خوابشان روی مبلی که در هال بود بخوابد تا ملینا بیدار نشود. مهران بسیار بی‌حوصله و رنگ‌پریده بود و حوصلهٔ کوچک‌ترین جروبحثی را نداشت؛ به همین دلیل اعتراضی نکرد وبدون هیچ‌گونه دعوا و مرافعه دنبال کار

خود رفت. مینا ابتدا شگفت‌زده شد چون همیشه وقتی حرفی به مهران می‌زد که مطابق میلش نبود، او سریع لب به گلایه می‌گشود و بیشتر وقت‌ها هم بر سر همین مسائل بود که جنگ و دعوا به پا می‌شد. هیچ‌وقت مهران را این‌طور خاموش و آرام و مطیع ندیده بود. مینا فکر کرد چه بر سر او آمده است. آیا هنوز در شوک و غم از دست دادن پدرش بود یا اینکه مشکل دیگری داشت؟ اما از آنجاکه خوب می‌دانست جر و بحث کردن با آدمی یک‌دنده و لجباز مثل او بی‌نتیجه است، چیزی نگفت و به کار خود مشغول شد. ملینا که می‌خوابید سکوتی عجیب خانه را فرا می‌گرفت و حیرت‌آور این بود که برای اولین بار وجود مهران نیز محسوس نبود. او که همیشه مشغول صحبت با تلفن یا گوش دادن به موسیقی بود، حالا خاموش و درخودرفته روی مبلی که سمت راست هال قرار داشت دراز کشیده و به فکر فرو رفته بود. مینا تصمیم گرفت از این سکوت و بیکاری استفاده کند و کمد لباس ملینا را مرتب کند. در حال جمع‌وجور وسایل و لباس‌های ملینا بود که متوجه شد مهران، که دقایقی قبل روی مبل دراز کشیده بود، بلند شد و به آشپزخانه رفت. صدای خش‌خش ضعیفی به گوشش خورد که نشان می‌داد مهران از جعبهٔ داروهایش قرص برمی‌دارد. حدس زد او برای خوابیدن مجبور به استفاده از قرص آرام‌بخش شده است. مینا همچنان به کار کردن در اتاق ملینا ادامه داد تا اینکه هوا تاریک شد و صدای گریهٔ دخترش که از خواب بیدار شده بود به گوشش رسید. دست از کار کشید و سعی کرد بچه را آرام کند. مهران همچنان در خواب بود. به نظر می‌رسید به دلیل تأثیر قرص خواب‌آور از گریهٔ ملینا بیدار نشده است. مینا دخترش را داخل صندلی غذاخوری‌اش در آشپزخانه قرار داد و مشغول آشپزی شد. مهران همچنان در خواب خوش غرق بود و ملینا مشغول تماشای برنامهٔ کودکی شد که از تلویزیون آشپزخانه پخش می‌شد.

شب شد و مینا پس از اینکه شام ملینا را داد او را به اتاقش برد. خواست مهران را بیدار کند که او هم شام بخورد و بعد روی تخت اتاق خودشان بخوابد، اما هر کاری که کرد مهران بیدار نشد. مینا مدتی تلاش کرد، خیلی عجیب بود مهران نفس می‌کشید، اما کاملاً لمس شده بود. مینا فریاد کشید:

- مهران، مهران پاشو!

ملینا هم که تازه زبان باز کرده بود به تقلید از مادرش داد کشید: «ملان، ملان، پاسو.»

رنگ مهران زرد شده بود. مینا کمی آب روی صورت او پاشید تا بیدارش کند، اما فقط ثانیه‌ای چشم گشود و به او نگریست و دوباره از حال رفت. مینا خطر را نزدیک احساس کرد. سراسیمه به اورژانس زنگ زد و تقاضای کمک کرد. پس از مدت‌زمان کوتاهی آمبولانسی جلو در خانه بود. پرستار آمبولانس از وضع سلامتی مهران سؤالاتی کرد و خواست تا داروهای مهران را ببیند. او به طرف جعبۀ داروها رفت و وقتی درش را باز کرد، بر جایش میخکوب شد. چندین بستۀ خالی شدۀ قرص خواب در جعبه بود. وقتی کارکنان آمبولانس جعبه‌های خالی را محاسبه کردند، متوجه شدند او شصت قرص خواب‌آور بلعیده است. مهران را روی برانکارد گذاشتند تا با آمبولانس ببرند. در این لحظه ملینای کوچولو جلو آمده بود و داشت به پرستارها کمک می‌کرد تا پدرش را روی برانکارد بگذارند.

با دیدن این صحنه انگار خنجری به قلب مینا فرو بردند. چقدر دنیا در حق ملینا ستم کرده بود. مینا بلافاصله به خاله زنگ زد. او هم قول داد کارها را پیگری کند و توصیه کرد مینا مراقب بچه و خودش باشد و غصه چیزی را نخورد. آن شب، شب تلخ دیگری در زندگی مینا بود. ملینا را خواباند و خودش تا ساعت‌ها گریه کرد. عجیب اینکه همسایه‌ها که آمبولانس را جلوی در خانه دیده بودند هیچ واکنشی نشان ندادند. چه مملکت سردی و چه آدم‌های سردتری! چطور بی‌تفاوت

از این مسائل عبور می‌کردند، درحالی‌که می‌دانستند زنی بـا بچـهٔ کوچـک در آن خانه زندگی می‌کند.

فردای آن روز مینا با بیمارستان تماس گرفت. بـه او گفتنـد کـه معـدهٔ مهـران را شستشو داده‌اند و حالش خوب است، اما بهتر است مدتی در بخش روانی بسـتری شود؛ چون افسردگی شدید داشت و دست به خودکشی زده بود. چنـد روز بعـد از این حادثه یک بار که مینا مشغول تمیز کردن خانـه بـود کاغـذی را روی یکـی از قفسه‌های کتاب پیدا کرد. دست‌خط مهران بود که نوشته بود «همهٔ اموال خـود را به اضافهٔ خانه و اتومبیل، برای همسرم مینا و فرزندم ملینا باقی می‌گذارم ...»

اشک مثل سیل از چشمان مینا فرو ریخت. پس مهران عمداً و با دانایی دست بـه این کار زده بود. چه غم‌انگیز بـود خوانـدن وصـیت‌نامهٔ مـردی در ایـن سـن کـه فرزندی کوچک هم داشت.

مهران بعد از چند روز به خانه آمد. حالش خیلی بهتر شده بود و دوباره شروع بـه کار کرد، اما مینا سال‌ها بعد بارها از اینکه آن شب به اورژانس زنگ زد و نگذاشت مهران طبق میل خودش دنیا را ترک کند سخت پشیمان شد.

فصل ششم

ملینا کم‌کم بزرگ‌تر شد و به مهدکودک رفت. مینا تصمیم گرفت با پول‌هایی کـه پس‌انداز کرده بود برای خودش اتومبیل تهیه کنـد، امـا اول لازم بـود گواهی‌نامۀ سوئدی بگیرد که بسیار هم سخت و دشوار بود. برای ثبت‌نـام در کـلاس آمـوزش رانندگی نیز پس ازجنگ و جدل فراوان با مهران موفق شد در مدرسـه‌ای ثبت‌نـام کند که چند مربی زن هم داشت. در آنجا هم تأکید کـرده بـود کـه مربـی خـانم می‌خواهد واگرنه با شناختی کـه از شـوهر شـکاکش داشـت می‌دانسـت کـه در غیراین‌صورت هر شب جنگ و دعوا به پا می‌شود.

ماه‌ها سخت تلاش کرد تا اینکه بالاخره موفق به گرفتن گواهی‌نامۀ سوئدی شـد. بعد از خرید اتومبیل زندگی راحت‌تری پیدا کرد. برای خرید و گذاشتن ملینـا بـه مهدکودک کمی از خانه بیرون می‌رفت و کمتر حوصله‌اش سر می‌رفت.

تابستانی گرم فرا رسید. شبی مینا و ملینا در حیاط خانه‌شان آب‌بازی می‌کردند که تلفن منزل زنگ زد. طبق معمول مهران که عادت داشت جواب تلفن‌ها را بدهد گوشی را برداشت، اما کسی حرفی نزد و قطع کرد. این اتفاق چندین بار پشت هم تکرار شد و مهران که شکاک و حسود بود شروع به داد و بیداد کرد:

- از وقتی تو ماشین‌سوار شدی دیگه معلوم نیست کجاها می‌ری و به کی شماره تلفن دادی. حتماً کسی با تو کار داره که وقتی من جواب می‌دم قطع می‌کنه.

ملینا از صدای فریاد مهران ترسید و به گریه افتاد. مینا از ترس آبروریزی جلو همسایه‌ها ملینا را بغل کرد و به داخل اتاق خواب رفت. ملینا همچنان گریه می‌کرد که تلفن دوباره زنگ زد و وقتی مهران جواب داد شخصی که تلفن می‌زد باز هم قطع کرد.

مهران با گوشی تلفن به اتاق آمد و به مینا بدوبیراه گفت. با وجود اینکه مینای بدبخت قسم می‌خورد و می‌گفت که او هرگز به کسی شمارهٔ منزل را نداده، باور نمی‌کرد.

(در آن دوره از تلفن‌های بی‌سیمی استفاده می‌شد که به کابل تلفن منزل وصل می‌شد و تقریباً بزرگ و سنگین بودند.)

مهران ناگهان گوشی تلفن را به طرف سر مینا نشانه گرفت و با شدت به سمت او پرت کرد. مینا که رویش به طرف او بود، ناگهان دید گوشی تلفن به طرفش می‌آید و همان‌طور که ملینا را در بغل داشت بلافاصله سرش را خم کرد. گوشی با شدت به دیوار خورد و خرد شد.

ملینا از ترس جیغ بلندی کشید، اما مهران بی‌توجه به همه‌چیز همچنان ناسزا می‌گفت و تهدید می‌کرد. مینای بیچاره که نمی‌دانست چه کند فقط ملینا را به اتاق خودش برد آن‌قدر او را در آغوشش نوازش کرد تا خوابید.

مینا تا صبح نخوابید. از فکر اینکه ممکن بود تلفن به سر ملینا یا خودش بخورد دلش آشوب می‌شد. آن شب از ته دل این مرد سنگدل را نفرین کرد که حتی به بچهٔ خودش هم رحم ندارد و آرزو کرد که کاش دو سال قبل که این دیوانه دست به خودکشی زده بود، نجاتش نمی‌داد.

طبق معمول چند روز با مهران قهر کرد و در اتاق ملینا خوابید و بعد هم آشتی کردند. مینا به خاطر فرزندش مجبور بود باز هم مهران را ببخشد، حتی حالا که او با دیوانگی‌اش جان دخترش را هم به خطر انداخته بود. اما به‌راستی که چه اشتباهی مرتکب شد. اگر همان شب با ملینا سوار ماشین می‌شد، به ادارهٔ پلیس می‌رفت و از مهران شکایت می‌کرد، بلافاصله او و بچه را در پناهگاه زنان خشونت‌دیده اسکان می‌دادند و می‌توانست پس از مدتی سختی کشیدن روی پای خودش بایستد. اما مثل همیشه هم از واکنش مهران وحشت داشت و هم از بی‌پدر شدن ملینا می‌ترسید. اما واقعاً این چه پدری بود که حتی به جگرگوشه‌اش نیز رحم نداشت؟ کدام پدری این کار را می‌کند؟

شاید اگر مینا می‌دانست که با ماندنش سال‌ها بعد چه بلاهایی به سرش می‌آید همان شب از آن خانه گریخته بود. عجیب این بود که با وجود تکرار مجدد خشونت و ظلم و بی‌رحمی باز هم در آن خانه می‌ماند متأسفانه بعدها بهای سنگینی بابت بی‌شهامتی‌اش پرداخت کرد.

پاییز همان سال خالهٔ مهران در اثر سکتهٔ مغزی قدرت تکلمش را از دست داد. گاهی مینا به این فکر می‌کرد که شاید هم تقاص نابودی زندگی او را پس داد. خالهٔ مهران موظف بود خانوادهٔ مهران را از بیماری او مطلع کند یا لااقل وقتی مینا به سوئد آمد به او می‌گفت تا تازه‌عروس بدبخت این‌همه تحت ظلم و ستم قرار نگیرد واز بیماری شوهرش مطلع شود.

مینا به یاد آورد روزی که اولین بار به مهران به بیمارستان روانی منتقل شد خاله پرستار بخش را به سکوت دعوت کرد تا جلو مینا حرفی نزند. به‌راستی این‌همه حمایت از خواهرزادهٔ بیمارش و پنهان کـردن بیمـاری او چـه دلیلـی می‌توانست داشته باشد؟ این سؤالی بود که هرگز جوابش را نگرفت؛ چـون حـالا خالـه خـانم دیگر زبانی برای توضیح و جواب دادن نداشتند.

فصل هفتم

ملینا سه سالش تمام شد طبق قانون دندانپزشکی اطفال در سوئد بـرای اولـین کنتـرل دندانپزشکـی بـه دندانپزشـک مراجعـه کـرد. دندان‌پزشـک اطفـالی کـه دندان‌های او را معاینه کرد مردی هم‌سن‌وسال مهـران بـود. در آنجـا مینـا بـرای اولین بار متوجه شد که ملینا چقدر در تماس با آدم‌های غریبه خجول است و به‌ خصوص از مردها می‌ترسد. شاید این به دلیل داشتن پدری پرخاشگر مثل مهـران بود که از همان سن کم روی روحیۀ این دختر خردسال نیز تأثیر گذاشته بود.

مینا به خاطر آورد که خودش نیز در بچگی به‌شدت از پدرش کـه بسیار عصبی بود و در خانه همه را کنترل می‌کرد می‌ترسید. شاید هم همین باعث شده بود که از ترس شوهری که بی‌شباهت به پدرش نبود در ایـن زنـدگی بـاقی بمانـد؛ مثـل زمان کودکی‌اش یاد گرفته بود که اگر مطیع باشد کتک نمی‌خورد.

واقعاً چه تربیت و فرهنگ اشتباهی در بعضی از جوامع دنیا به‌خصوص جهان سوم رایج است که این‌چنین زنان را توسری‌خور و بردۀ مردان می‌کنـد. اول پدرانشان آزارشان می‌دهند و سپس، نوبت همسرانشان می‌شود.

بعد از کنترل دندان‌ها با هم به خانه برگشتند. موقع شام مینا مثل همیشه ملینا را توی صندلی مخصوص غـذاخوری‌اش گذاشـت و بـرایش ماکـارونی ریخـت کـه خیلی دوست داشت.

ملینا و مینا با هم بازی می‌کردند. مینا ادای دندانپزشکی را که همان روز ملاقات کرده بودند درمـی‌آورد و می‌خواسـت دنـدان‌هـای ملینـا را معاینـه کنـد و ملینا غش‌غش می‌خندید. واقعاً وجود ملینا تحمـل سـخت‌ترین لحظـه‌ها را بـرای مینـا امکان‌پذیر می‌کرد.

در این میان مهران وارد شد. ترش‌رو و عصبانی به زمـین و زمـان ناسـزا مـی‌داد. مینا علت عصبانیت را پرسید و معلوم شد مهران موقع برگشت بـه منـزل تصـادف کرده است. اتومبیلش که آسیب فراوانی دیده به تعمیرگاه انتقال داده شده بـود و او به‌ناچار با تاکسی به خانه آمده بود.

در همین حال که مهران عصبانی و ترش‌رو در خانه راه می‌رفت و با زمین و زمان سر جنگ داشت، ملینای معصوم و بی‌خبر از همه‌جا که هنوز در حال شعف بـازی با مادرش بود ناگهان بشقاب غذایش را بلند کـرد و بـا شـادی و خنـده بـه وسـط آشپزخانه پرت کرد ماکارونی و سس گوجه همه‌جا پخـش شـد و ملینـا از تـه دل خندید.

این عمل او برای روانی کردن آدم کم‌تحملی مثل مهران، به‌خصوص در زمانی کـه عصبانی هم بود، کافی بود. او ناگهان با داد و فریاد به طرف صـندلی ملینـا حملـه کرد و با مشت توی سر بچهٔ معصوم کوبید. بعـد از آن هـم لیـوان پـر آبـی را کـه مادرش روی صندلی غذاخوری‌اش گذاشته بود، برداشـت و روی سـر بچـه خـالی کرد. به خیال خودش داشت دخترش را تربیت می‌کرد.

ملینا مثل موش آب‌کشیده ترسان و لرزان روی صندلی‌اش نشسته بـود. از تـرس جرئت گریه کردن هم نداشت و بغض کرده و میلرزید.

خون در رگ‌های مینا به جوش آمد. برای اولین بار در طول این زندگی مشترک کنترل اعصابش را از دست داد. کشویی را باز کرد و اولین چیزی را که به چنگش آمد برداشت یک چکش بود. سپس با داد و بیداد به طرف مهران هجوم برد. مهران مبهوت شد، اما نترسید. دست مینا را چنان محکم گرفت که مینا از درد فریادش درآمد و چکش را رها کرد.

مهران موفق شد چکش را با دست دیگرش که آزاد بود بگیرد و به طرف اتاق خواب رفت مینا هم دنبالش رفت. مهران که متوجه آمدن مینا شد برگشت و مینا بلافاصله سیلی محکمی به او زد.

مهران خشمگین مینا را با دست دیگرش که آزاد بود محکم هل داد مینا عقب رفت و به‌شدت به دیوار پشت سر خود در هال خورد که آیینه‌ای قدی روی آن پیچ شده بود. گرمی خاصی را پشت سرش احساس کرد. فکر کرد که سرش از اصابت به آیینه شکسته و خون جاری شده است. با دستش پشت سرش را لمس کرد، اما خونی احساس نکرد. گرما به دلیل ضربهٔ شدیدی بود که به پشت سرش خورده و آن را متورم کرده بود.

مینا از پا نیفتاد، این بار مثل مار زخم‌خورده بود. از اینکه مهران جگرگوشه‌اش را این‌طور جلو چشمش تنبیه کرده و گوشمالی داده بود، آن هم بابت واکنشی بچه‌گانه، به‌شدت خشمگین بود. دنبال مهران رفت که حالا چکش را در کشویی قرار می‌داد و همان‌طور که پشتش به او بود از فرصت استفاده کرد و لگد محکمی به کمر او کوبید.

مهران فریادی کشید و برگشت تا او را بگیرد. مینا خواست فرار کند که مهران از پشت سرش او را گرفت و دست‌هایش را دور گردن او پیچید، مینا هم سرش را کمی خم کرد و تا جایی که قدرت داشت دست مهران را گاز گرفت طوری که فریادش به آسمان رفت و از شدت درد مینا را رها کرد.

پس از آن مینا بدون معطلی بـه طـرف صـندلی ملینـا دویـد. او را کـه بـهشـدت ترسیده بود و گریه می‌کرد بغل کرد، به اتاق دخترش رفت و در را از داخـل قفـل کرد.

مدتی طول کشید تا ملینا آرام شد و در بغل مینا به خواب رفت و پس از اینکـه او را در تختش گذاشت، روی زمین نشست و از ته دل گریه کرد و مهـران را نفـرین کرد. مطمئن بود که این حادثه برای همیشه در ذهـن دخترِ کوچولـویش نقـش خواهد بست. چه دعوای وحشتناکی بود، آن هم جلو چشمان موجودی معصـوم و بی‌گناه.

مینا ساعت‌ها بیدار ماند و به این اندیشید که چگونه خود را از چنـگ ایـن شـوهر روانی خلاص کند که حالادستش حتی روی ملینا هم بلند شده بـود. بـدون هـیچ شک و تردیدی اولین گام به‌سوی رهایی و خلاصی پیدا کردن شغل بود.

فصل هشتم

مینا کاملاً مصمم شده بود که برای خودش منبع درآمدی پیدا کند و خوشبختانه توانسته بود به کمک پول‌های دولتی که به‌عنوان کمک‌هزینهٔ فرزند ماهانه به مادر بچه در سوئد پرداخت می‌شود، و حق نگهداری مادر از کودک پس از زایمان کـه چند سال به حسابش آمده بود مقداری پول پس‌انداز کند. این باعـث خوشحالی بود که مجبور نبود دستش را جلو مهران دراز کند و با شـجاعت کامـل در کـلاس آرایشگری ثبت‌نام کرد.

مهران مثل همیشه داد و بیداد راه انداخت که مینا زیر سرش بلنـد شـده و بـرای همین این کارها را می‌کند. اما مینا این بار بدون ترس جلویش ایسـتاد و بـرایش مشخص کرد که از خانه‌داری خسته شده و می‌خواهد کـار کنـد، واگرنـه تقاضـای طلاق می‌دهد.

از همان شبی که مهران را کتک زده بود، ترسش کمی ریخته و باشـهامت‌تر شـده بود. مهران از این مسئله سخت متنفر بود، اما چاره‌ای جـز سـکوت نداشـت. حـالا دیگر مینا اقامتش را گرفته بود و حتی تابعیت سوئدی هم داشت و کاملاً به زبان سوئدی تسلط پیدا کرده بود، همهٔ این‌ها برای مهران تهدید به شمار می‌رفت.

دورهٔ آموزشی مینا تمام شد و بعد از آن شرکتی ثبـت کـرد بـا عنـوان «خـدمات آرایشگری در منزل». در استکهلم سالمندان زیادی زندگی می‌کردند که رفتن بـه آرایشگاه در هوای همیشه سرد و بارانی این کشور برایشان دشوار بود، به‌خصـوص در منطقهٔ ویلایی نشین حومهٔ شهر که مترو هم نداشت، امکان رفتن به آرایشـگاه برای خیلی از افراد بازنشسته راحت نبود. به همین دلیل دسترسـی بـه آرایشـگری که به خانه بیاید، برای اشخاصی که ناتوانی جسمی داشـتند یا کهن‌سـال بودنـد، ضروری بود.

مینا شروع به انتشار آگهی در روزنامهٔ محلـی کـرد و بـه‌این‌ترتیب چنـد مشـتری دائمی برای خود دست‌وپا کرد. ایده‌اش بسیار عالی بود، تلفنـی بـه مشـتری‌هایش وقت می‌داد و وقتی ملینا در مهدکودک بود با اتومبیلش به خانهٔ آن‌ها می‌رفت و کارهای آرایشگری انجام می‌داد.

مهران مثل همیشه با حسادت و شکاکی‌اش موجب آزار و اذیت او مـی‌شـد. مینـا برای اینکه از شر زبان نیش‌دار او در امان باشد مجبور شـده بـود قـول بدهـد کـه فقط به آدم‌های سالخورده خدمات می‌دهد و از پذیرفتن مردان جـوان خـودداری می‌کند. خوب می‌دانست که در غیراین‌صورت دوباره جنگ و دعوا به پا مـی‌شـود و هر شب باید تهمت‌ها و ناسزاهای مهران را بشنود. مصلحت این بود که با این مرد مدارا کند تا بتواند برای خود شغل و سرگرمی داشته باشد و این کار بـه صـبوری فوق‌العاده‌ای نیاز داشت.

خوشبختانه مینـا، کـه اصـولاً زنـی خـوش‌رو و خوش‌مشـرب بـود، بـا محبـت و صمیمیتی که نشان می‌داد محبوب مشتری‌هایش شـده بـود. ایـن قلـبش را گـرم می‌کرد و خود را به هدفش نزدیک‌تر احساس می‌کرد. هدفش این بود که مسـتقل شود تا اگر روزی جان به لبش رسید بتواند خودش و دخترش را از شر این همسر بیمار، عصبی، تندخو و شکاک خلاص کند.

یک روز گرم اول تابستان بود که مینا خسته‌وکوفته از کار زیاد، بعد از اینکه ملینـا را از مهد کودک برداشت به خانه آمد. به‌محض باز کردن در خانه دودی بیرون زد که یک‌باره دل مینا از ترس ریخت. اول فکر کرد آتش‌سوزی شده، امـا در کمـال حیرت دید مهران در آشپزخانه مشغول آشپزی است. خیلی عجیب بود که مهران آن موقع روز در خانه باشد و آشپزی بکند، آن هم آدم تنبلی مثـل او کـه از کـار خانه و آشپزی متنفر بود. حتماً اتفاقی در شرف وقوع بود. مینا به فکـر فـرو رفـت. در چند شب اخیر متوجه شده بود که مهران شب‌ها خوب نمی‌خوابد، اما خـودش

آن‌قدر خسته بود که از فرط خستگی به خواب عمیقی فرو می‌رفت و زیاد از آمـد و رفت و رفت او به اتاق بیدار نشده بود.

با کنجکاوی به گوشه و کنار خانه رفت و از دیدن کیسه‌ای پـر از وسـایل برقـی و لامپ و باطری در اتاق پذیرایی دلش از ترس فرو ریخت و همهٔ موهای تنش سیخ شد. این اولین علامت شروع یک حملهٔ روانی و عود مجـدد بیمـاری مهـران بـود. مینا روی زمین نشست و با خود فکر کرد که حالا چه باید بکند. تکلیف ملینا کـه حالا چهار ساله است و دیگـر خیلـی چیزهـا را می‌فهمـد چـه بـود؟ چطـور بچـهٔ معصومش را از آسیب‌ها احتمالی که از این پدر مـریض متـوجهش بـود، محفـوظ بدارد؟ نه، نه! این محیط برای بچه بسیار خطرناک بود.

مینا دخترش را تشویق کرد که برای بازی به پارک کوچکی کـه درسـت روبـروی خانه‌شان بود برود و با بچه‌ها بازی کند. سپس تلفن را برداشـت و بـه بیمارسـتان زنگ زد. یادش آمد که دیگر خاله جـان مهـران نمی‌توانـد در کارهـای بسـتری و درمان او دخالت کند، اما حالا دیگر نیازی به کمک هم نبود. مینا بایـد کارهـایش را خودش انجام می‌داد.

پس از چند مکالمه به مینا گفته شد که احتمـالاً مهـران داروهـایش را نخـورده و مینا اول باید تلاش کند تا او داروهایش را مصرف کند، استراحت کند و اگر خوب نشد، دوباره زنگ بزند. هنگامی که مینا جعبهٔ داروها را نگاه کرد دیـد کـه دو سـه روز است مهران دارویی مصرف نکرده است. سعی کرد با مهربانی مهران را متقاعد کند که دارویش را بخورد. ناگهان مهران مشتی به بازویش کوبید و ادعا کرد که او قصد مسموم کردن و کشتنش را دارد.

چه شانس خوبی که ملینا بیرون از خانه بازی می‌کرد. مینا این بار التماس کـرد، اما مهران با نگاهی خیلی ترسناک به او نگاه می‌کرد. ناگهان بازوهایش را گرفت و کشان‌کشان او را به طرف در ورودی برد و در همین حال تهدید می‌کرد کـه او را

بیرون می‌اندازد. مینا با ترس دستهٔ مبلی را که در هال بود چسبید تا مهران نتواند او را بکشد. مهران که مقاومت مینا را دید، او را روی مبل هول داد و رهایش کرد.

در این لحظه باوجود دردی که تحمل می‌کرد، خدا رو شکر کرد که ملینا در خانه نبود تا دوباره شاهد کتک خوردن مادرش باشد. وقتی از روی مبل بلند شد، دردی شدید در پاهایش داشت که قدرت حرکتش را سلب کرده بود. خوب که نگاه کرد کبودی‌های بزرگی روی ران‌های پایش دید که احتمال زیاد بر اثر سقوط او روی دسته چوبی مبل بود.

مینا دوباره با اورژانس تماس گرفت و بدون اینکه اشاره‌ای به خشونت مهران بکند فقط توضیح داد که به هیچ طریقی موفق نشده تا مهران را راضی به مصرف داروبش کند. زمانی که با تلفن حرف می‌زد مهران روبرویش ایستاده بود و خیره‌خیره نگاهش می‌کرد. با کوچک‌ترین جرقه‌ای ممکن بود آتش بگیرد و دوباره گریبان مینا را بگیرد.

اما ای‌کاش مینای خوش‌قلب به‌جای اینکه خودش را سپر بلا می‌کرد تا کار به جاهای باریک نکشد، جمله‌ای می‌گفت که مهران را تحریک می‌کرد تا همان‌جا فریاد بکشد یا دوباره گریبانش را بگیرد. در آن موقع بلافاصله با داشتن شاهد و شنیدن تهدید و خشونت، ماشین پلیس می‌آمد و مهران را دستگیر می‌کرد. مینا همیشه فکر آبرویش بود و از این وحشت داشت که مبادا ماشین پلیس بیاید و جلوی چشم دخترش که در کوچه با بچه‌های دیگر بازی می‌کرد پدرش را دستبند بزنند و ببرند.

او مجبور شد به پرستار بخش اورژانس بیمارستان توضیح دهد که به‌هیچ‌وجه موفق نشده تا شوهرش را متقاعد کند داروهایش را مصرف کند. پرستار این بار خواست با خود مهران صحبت کند. پرستار ظاهراً از مهران علت نخوردن داروها را

پرسید و مهران در جواب گفت که وقتی او در منزل نبوده مینا قرص‌هایش را عوض کرده و او از دست همسرش دارویی نمی‌گیرد؛ چون قصد مسموم کردنش را دارد تا اموالش را بالا بکشد! در ضمن اضافه کرد که همسرش از طریق کارش، مرد دیگری را ملاقات کرده و درصدد کشتن او و نابودی‌اش برآمده تا ثروت او را بالا بکشد و با مرد جدیدش زندگی کند (حالا علت شب بیداری‌های اخیرش مشخص شد).

قرار بر این شد که مهران را به بخش اورژانس بیمارستانی در جنوب شهر ببرند و مهران موافقت کرد که هر کس دیگری غیر از مینا می‌تواند به او دارو بدهد؛ چون همسرش جاسوسی خطرناک است.

مینا مجبور شد ملینا را هم با خودش ببرد؛ چون معلوم نبود روند بستری مهران چقدر طول می‌کشد و نمی‌توانست او را تنها بگذارد. هر سه سوار اتومبیل شدند. مهران حالتی تمسخرآمیز در چهره داشت. مدام از رانندگی مینا ایراد می‌گرفت و سعی داشت به او آموزش رانندگی بدهد. از بدشانسی آن روز جمعه بود و ترافیک سنگینی در بزرگراه‌ها دیده می‌شد. مهران مرتب با رادیوی ماشین بازی می‌کرد و مینای خسته را کلافه‌تر می‌کرد. حالا باید با این مرد روانی چه می‌کرد؟

فکرش به این مشغول بود که حالا چطور مهران را تنها در خانه بگذارد و سر کار برود، درحالی‌که هر لحظه امکان داشت مهران خانه را به آتش بکشد. ته دلش دعا می‌کرد مهران بستری شود. باید هر طور شده کاری می‌کرد تا این اتفاق بیفتد.

در بخش اورژانس مدتی طولانی منتظر شدند تا پزشکی آن‌ها را پذیرفت. مینا از پرستاری خواهش کرد تا در اتاق انتظار مواظب ملینا باشد؛ چون دوست نداشت او مکالمات آن‌ها را با پزشک گوش دهد. پس از توضیحات مینا دستور بستری شدن مهران صادر شد. مینا به اتاق انتظار آمد تا ملینا را با خود به منزل ببرد.

ملینا که مینا را تنها و بدون مهران دید، ناگهان زد زیر گریه و اصرار داشت که بابا مهران هم باید با ما به خانه بیاید. قلب مینا از دیدن این صحنه به درد آمد. حالا با دلتنگی این کودک بی‌گناه که بی‌خبر از همه‌جا اشک می‌ریزد و پدرش را می‌خواهد چه کند؟ هر طوری بود ملینا را سوار ماشین کرد و با وجود خستگی فراوان با هم به رستوران مک‌دونالد رفتند و شام خوردند.

سراسر وجود مینا پر از اندوه و غم بود. موقع برگشت ملینا از خستگی روی صندلی‌اش در عقب ماشین خوابش برد و مینا آرام‌آرام گریه می‌کرد. با وجود تمام این حرف‌ها مهران شوهرش و پدر فرزندش بود و مینا نگرانش بود. مشکل هم همین دلسوزی‌ها و نگرانی‌ها بود که باعث شده بود مینا پای رفتن از این زندگی پرمشقت را نداشته باشد و ماندن را انتخاب کند. مانده بود تا از مهران بیمار مراقبت کند و به خیال خودش عهد و سوگند زناشویی را زیر پا نگذارد، اما مینا کاملاً خوب می‌دانست که اگر به‌جای مهران او این بیماری را داشت شوهرش هرگزبه ادامهٔ زندگی با او تن نمی‌داد و راه خود را می‌رفت.

خوشبختانه یا متأسفانه بسیاری از زنان مشرق زمین این‌گونه تربیت می‌شوند که خود را فدای خانواده و فرزندانشان کنند. مینا نیز به‌طورقطع جزء این گروه از زنان بود که همیشه اول به بقیه فکر می‌کرد و به خودش کمترین اهمیت را می‌داد و موقعی به این اشتباه پی برد که خیلی دیر شده بود.

مهران مدتی در بیمارستان بستری شد، اما او از ملاقات مهران خودداری می‌کرد؛ چون دلش نمی‌خواست دختر خردسالش را با خود به بخش روانی ببرد و ملینا پدرش را در آنجا ببیند. این بچه به‌اندازهٔ کافی تابه‌حال شاهد خشونت و دعوای پدر و مادر بود و بیش از این جایز نبود روح و روان ظریف و بچه‌گانه‌اش خدشه‌دار شود.

مینا هر روز کار می‌کرد و بعد با ملینا به خانه می‌رفت. به مهران زنگ می‌زد و جویای حالش می‌شد و در جواب دوستان و آشنایان که سراغ مهران را می‌گرفتند فقط پاسخ می‌داد مهران به مأموریت رفته و به زودی برمی‌گردد. به‌راستی چه همسر فداکار و باگذشتی بود، ولی صد افسوس که کسی هرگز قدردان تلاش‌هایش نبود.

ملینا نور زندگی و دلیل همهٔ صبوری‌ها و تلاش‌های مینا بود. از صمیم قلب خدا را شکر می‌کرد که او را در زندگی داشت و تنها نبود. حتی از اینکه در کنار مهران بود و می‌توانست در موقع لزوم به او کمک کند هم خرسند بود. طفلک مینای خوش‌قلب خبر نداشت که بعدها چه تاوان سختی بابت ماندنش در این زندگی پس می‌دهد. در حقیقت این روزهای خوشش بود و هنوز سخت‌ترین روزهای زندگی‌اش شروع نشده بودند.

فصل نهم

عید نوروز در راه بود و ملینا قرار بود پاییز همان سال به مدرسه برود. مینا همچنان کار می‌کرد و در روزهای آخر هفته که تعطیل بود به کارهای منزل و غیره رسیدگی می‌کرد.

مهران طبق معمول در دنیای خودش بود و فقط سر کار می‌رفت. در اوقات فراغت هم مشغول معاشرت با دوستانش بود و هیچ کمکی به مینا نمی‌کرد. اما او با شکیبایی و به دلیل عشق بیش‌ازحدش به دخترش همه چیز را تحمل می‌کرد.

مهران با مصرف داروهایش قادر بود زندگی نسبتاً آرامی در کنار خانواده داشته باشد، اما حسادت‌ها و مشکوک بودنش به مینا همچنان باقی بودند و به نظر می‌رسید داروها تأثیری چندانی روی این مشکل نداشتند. هر از گاهی با مینا دعوایش می‌شد و همیشه سعی می‌کرد او را طبق میل خود تحت کنترل داشته باشد.

چند روز قبل از عید مهران ناگهان مرخصی گرفته بود و خیال داشت تنها به آمریکا پیش برادرش برود. مینا از طرفی خوشحال بود که با نبود مهران استراحتی خواهد کرد و بیشتر با ملینا خواهد بود و از طرف دیگر انگیزهٔ سفر ناگهانی شوهرش را نمی‌دانست و از این مسئله کمی دچار فکر و خیال شده بود.

سفر ده‌روزهٔ مهران به آمریکا به‌سرعت گذشت و در زمان غیبتش زیاد با مینا و دخترش تماس نداشت. مثل همیشه برادرش و دیگران را به همسر و دخترش ترجیح می‌داد و حتی برای مینا سوغاتی هم نیاورد. فقط برای ملینا یک پیراهن خریده بود.

تعجب‌آور بود که با همهٔ حسادت و کنترل‌گری‌اش بالاخره یک بار مینا را تنها گذاشته و به مسافرت رفته بود. مینا هم سعی کرد او را به حال خود بگذارد. فقط قبل از سفرش، مدام سفارش می‌کرد که حتماً داروهایش را سر وقت مصرف کند و یک بار هم با او تماس گرفت تا حالش را بپرسد.

مینا مهران را از فرودگاه به خانه آورد و مهران که از مسافرت طولانی‌اش بسیار خسته به نظر می‌رسید، به‌محض رسیدن به اتاق رفت و خوابید. مینا چمدان مهران را باز کرد تا وسایلش را خالی کند که ناگهان از آنچه دید مبهوت و حیران ماند.

در چمدان بزرگ مهران یک کیسهٔ بزرگ پر از دارو بود. یکی از جعبه‌ها را برداشت و شروع به خواندن کرد. جعبه‌ها شامل قرص‌های اعصاب بودند،

قرص‌هایی که ظاهراً با بیماری مهران مرتبط بود، اما مینا که نفهمیده بودچرا مهران قرص‌های آمریکایی با خودش آورده منتظر ماند تا او بیدار شود و از زبان خودش بشنود.

چند ساعت بعد مهران از خواب بیدار شد و مینا با توپ و تشر توضیحی در بارۀ قرص‌های داخل چمدان خواست. برای اولین بار مهران عصبانی نشد و برای مینا تعریف کرد که در آمریکا دارویی تولید شده که برطرف‌کنندۀ بیماری اوست و در صورت استفادۀ مکرر در مدت حدود یک سال این بیماری کم‌کم از بین می‌رود و بیمار سلامتی‌اش را بازمی‌یابد.

مینا با ناباوری به حرف‌های مهران گوش می‌کرد. به یاد آورد آخرین باری که مهران بر اثر سهل‌انگاری در مصرف داروهایش بیمار و بستری شده بود مینا قسم خورده بود که اگر بار دیگر مهران به دلیل نخوردن داروهایش بیمار شود، ملینا را برمی‌دارد و برای همیشه ترکش می‌کند.

یاد کبودی‌های روی دست و پاهایش افتاد که باعث شده بودند چند روز به‌سختی راه برود و نتواند کار کند. به یاد آورد که چقدر در تنهایی اشک ریخت و حالا دوباره روز از نو و روزی از نو. ظاهراً باید خود را آمادۀ دورۀ سخت و مشقت‌بار دیگری می‌کرد، ولی با وجود داشتن بچه و شغلش دیگر واقعاً انرژی و نیروی زیادی برای مقابله نداشت.

مهران یک‌دنده به‌هیچ‌وجه حاضر نبود داروهای قدیمی‌اش را استفاده کند. او با کلی زحمت و خرج کلان به این مسافرت رفته بود که داروی جدید آمریکایی را استفاده کند تا به خیال خودش او را از شر این بیماری خلاص کند.

مینا با وجود اینکه تهدید کرده بود مهران را ترک می‌کند، باز هم به حرف خود عمل نکرد و به مهران شانس آزمودن داروها را داد، اما ای‌کاش هرگز این کار را نمی‌کرد و دختر کوچکش را برمی‌داشت و می‌رفت.

معلوم نبود چه عاملی او را به این زندگی و به مهـران قفـل کـرده بـود؛ بی‌کسی خودش؟ بی‌پدری ملینا؟ احساس ترحم به مهران؟ حالا کـه دیگـر کـار می‌کـرد و برای خودش درآمدی داشت علت وابستگی شدیدش به ایـن زنـدگی و ایـن مـرد بیمار که آن‌قدر او را زجر داده و کتک زده بود چه بود؟ آیا این ضـعف مینـا نبـود که جرئت نمی‌کرد از این زندگی بیـرون بیایـد و یـک بـار بـرای همیشـه خـود را خلاص کند؟ هر چیزی و هر کسی حد و مرزی دارد، اما حد و مرز مینا کجا بـود؟ آیا باید زیر کتک‌های مهران ناقص می‌شد یا از دست او خودش هم بیمار مـی‌شد تا می‌فهمید که باید او را رها کند؟ اگر واقعاً جدا شدن از یک مرد این‌قـدر سـخت است، چرا این‌همه طلاق هر روز در سراسر دنیا ثبت می‌شود؟ مشکل زنـی کـه بـا وجود ظلم و خشونت همسرش باز هـم می‌مانـد و می‌سـازد چیسـت؟ آیـا نتیجـهٔ تربیت غلط است؟ چه چیز باعث می شود مادری، دخترش را بـه مانـدن در خانـهٔ همسرش تشویق کند، درحالی‌که می‌داند دخترش در معرض آسیب اسـت و زجـر می‌کشد.

مادر مینا در ایـران بـود و از همـه‌چیز بی‌خبـر، امـا بـه احتمـال قـوی در تربیـت دخترش اشتباه کرده بود او اعتماد به نفس ضعیفی داشت که قـدرت تـرک ایـن زندگی مسموم را نداشت. چه بلایی بر سر مینا آمده بود کـه نشـناخته بـا مـردی ازدواج کرده و به خارج آمده بود. ابتدا از ترس دیپورت و آبروریزی و سپس بـرای بچه‌اش و به دلیل نداشتن درآمد و استقلال مالی در این زندگی مانده بـود. حتـی حالا هم که مستقل شده بود، باز هم زندانی این قفس بود.

فصل دهم

یک ماه از بازگشت مهران از آمریکا گذشت و مینا هر روز شاهد بود که مهران بـا وجود مصرف مداوم داروهایش، ظاهراً دوباره در حال فرو رفـتن بـه حملـهٔ روانـی است؛ شب بیداری‌ها، دادوفریادهای عصبی بر سـر مینـا و ملینـا و خریـد وسـایل غیرضروری، همه‌چیز درست مثل دفعات قبل بود.

از نظر مینا این دارو کاملاً روی مهران بی‌تأثیر بود؛ چون او و پس از سال‌ها زنـدگی با مهران اطلاع وسیعی در زمینهٔ بیماری او کسب کـرده بـود و بـه‌راحتی متوجـه شروع دورهٔ جدید بیماری می‌شد. همهٔ علائم نشان‌دهندهٔ عود بیماری بود و محال بود که مینا اشتباه کرده باشد. او یقین داشـت مهران دوبـاره بیمـار شـده بـود و بدبختی این بود که در این بیماری سـخت و وحشـتناک، بـه دلیـل اینکـه بیمـار بینشی از وضعیت خود ندارد حس می‌کند کاملاً سالم است.

یک روز که مهران در خانه نبود، مینا تلفن را برداشت و با برادر مهران در آمریکا تماس گرفت، ولی برخلاف تصورش با رفتاری سرد و خشـک روبـرو شـد. مهـرزاد

تعریف کرد که این خود مهران بوده که به تولید این داروی جدید در آمریکا پی برده و باز هم خود او بوده که علی‌رغم هزینهٔ سنگین، تصمیم گرفته پرونده‌اش را به اینجا منتقل کند و او کاملاً بی‌تقصیر است.

مینا سعی کرد برایش توضیح بدهد که در هر دوره‌ای که بیماری عود می‌کند، چقدر زندگی با مهران برای او و دختر کوچکش سخت و طاقت‌فرسا می‌شود و در استکهلم کسی را ندارد که بتواند از او کمک کند.

مینا از مهرزاد عاجزانه تقاضا کرد که با مهران صحبت کند تا دست از لجبازی بردارد و به پزشک خودش در استکهلم مراجعه کند و از داروی قدیمی‌اش استفاده کند، اما مهرزاد که از التماس‌های مینا خسته شده بود شروع به سرزنش مینا کرد که اگر او این‌همه با مهران دعوا نکرده و او را بیمار نکرده بود، الآن دچار این مشکلات نبود.

مینا حیرت‌زده قدرت تکلمش را از دست داد و با خودش فکر کرد، آه که این‌طور!

مهران در طول اقامت در خانهٔ برادرش خوب از فرصت استفاده کرده و بیماری‌اش را به گردن مینای بیچاره انداخته بود. به‌طورقطع برادرش هم که در جریان بیماری مهران نبود، حرفش را باور کرده بود. به قول سوئدی‌ها خون غلیظ‌تر از آب است.

تنها کسی که قبل از ازدواج شاهد بیماری مهران بود، خاله‌اش در استکهلم بود که او هم دیگر قادر به تکلم نبود. البته، معلوم هم نبود که اگر به این روزنیفتاده بود باز هم از مینا حمایت می‌کرد و حقیقت را به خانوادهٔ مهران می‌گفت. بحث و صحبت با خانوادهٔ مهران اثری نداشت؛ چون همهٔ آن‌ها مثل خود او آن قدر مغرور و خود خواه بودند که هرگز اشتباهاتشان را نمی‌پذیرفتند.

مینا با کلینیکی که مهران سال‌ها قبل، درست از زمان ابتلا به این بیماری در آنجا تحت درمان قرارگرفته بود و کل پرونده‌اش آنجا بود، تماس گرفت و تقاضای

کمک کرد. اما درنهایت تأسف شنید که مهران پرونده‌اش را طبق میـل خـودش بسته و پزشکش را عوض کرده است. به مینا گفتند که باید با پزشک فعلی‌اش که داروها را تجویز کرده تماس بگیرد و آن‌ها نمی‌توانند هیچ کمکی به او بکنند.

طبق قانون پزشکی سوئد هیچ‌کس حق نداشت بیمـاری را مجبور بـه اسـتفاده از دارویی بکند، مگر اینکه واقعاً جان بیمار یا اطرافیانش در معرض خطر باشد. فقـط در آن صورت درمان اجباری شروع مـی‌شـود و بیمـار را مجبـور بـه مصـرف دارو می‌کنند.

حالا سؤال این بود که تیم درمانی چه زمانی به‌زور وارد به عمل می‌شوند و مهران را وادار به استفادهٔ مجدد از دارو می‌کنند؟ زمانی که مهران، مینا و ملینا را کشـته و از بین برده بود؟ این چه سیستم غلطی است که چنین بیمـار خطرنـاکی بـرای مصرف داروهایش حق انتخاب داشت؟ واقعاً این زن بدبخت باید چه می‌کرد؟

مینا صبح‌ها ملینـا را در مهدکودک می‌گذاشـت و بـا دلـی پـر از غصـه سـر کار می‌رفت. مشتری‌هایش، که اغلب خانم‌های سـالمند بودنـد، غـم و خسـتگی را در صورتش می‌دیدند و جویای حالش بودند، اما او مثل همیشه رازدار بود و فقـط در جواب می‌گفت که چیزی نیست و حالش خوب است.

این هم یک تربیت غلط دیگر! اگر از همان روز اول کـه مـورد خشـونت شـوهرش قرار گرفته بود لب به شکایت می‌گشود و دست‌کم بـرای خـانوادهٔ مهران تعریـف می‌کرد، الآن کار به اینجا نمی‌رسـید کـه مهران همـه‌چیز را انکـار کنـد و حتـی مریض شدنش را هم به گردن مینا بیندازد.

مینا هر روز دلش شور می‌زد و منتظر اتفاق بدی بود. به‌وضوح می‌دیـد کـه داروی جدید کوچک‌ترین اثری روی مهران ندارد و او شب تا صبح راه می‌رود و به شکلی وحشتناک و غیرقابل‌تحمل عصبی و پرخاشگر شده است.

با خودش فکر می‌کرد کـه مهـران سـر کـارش چگونـه اسـت؟ آیـا آنجـا هـم با همکارانش همین رفتار را دارد؟ در این صورت تـا چـه زمـانی رئـیس مهران او را تحمل خواهد کرد و اخراجش نخواهد کرد؟

البته جواب این سؤالات را چند ماه بعد گرفت. مینا نامهٔ اخراج مهران را پیدا کـرد که در جایی پنهان شده بود. بعداً پی برد که مهران مدت‌ها بیکار بـوده و از بیمـهٔ بیکاری‌اش استفاده می‌کرده، ولی این بیمه تا یک سـال بیشـتر نبـود و بعـد از آن معلوم نبود تکلیف زندگی‌شان چه می‌شد. او تظاهر می‌کرد بـه سـر کـار مـی‌رود، درحالی‌که آزادانه در شهر می‌چرخید و خرید می‌کرد و از پس‌اندازش هـم خـرج می‌کرد.

جمعه‌ای بسیار گرم فرا رسید؛ از آن روزهایی که همه چشم بـه سـاعت دارنـد تـا کارشان تمام شود و بتوانند کنار دریاچه‌ها به آفتاب گرفتن و شـنا بپردازنـد. مینـا البته جزء این گروه نبود؛ چون می‌دانست که وقتی از سر کـارش بـه منـزل بیایـد شخص بیماری مثل مهران لذت و خوشی تعطیلات آخـر هفتـه را از او می‌گیـرد. ملینا را از مهدکودک به خانه آورد و خوشبختانه مهران در خانه نبود. بـا خـودش فکر کرد که حتماً در گوشه‌ای از شهر مشغول خرید وسایل موردعلاقه‌اش است. از فرصت نبودن او استفاده کرد و به تمیز کردن خانه مشغول شد. بعد از آن هـم بـه کوتاه کردن چمن‌ها و مرتب کردن شاخ و بـرگ‌هـای اضـافی پرداخـت. ملینـا در پارک جلو خانه‌شان با بچه‌های دیگر مشغول بـازی و تفـریح بـود. مینـا بـا خیـال آسوده همهٔ کارها را انجام داد، حتی شام هم درست کرد و منتظر آمدن شـوهرش شد. ساعت از دوازده شب گذشت، اما هیچ خبری از مهران نشد. دلش شور می‌زد. به یاد اولین سالی افتاد که تازه به سوئد آمده بود و آن شبی که مهران بیمار شده و به خانه نیامده بود. به تلفن همراهش زنگ زد، امـا شـمارهٔ مهران در دسـترس نبود که نشان می‌داد همسرش مخصوصاً این کار را کرده تا از جواب دادن به تلفن خلاصی پیدا کند. با وجود دل‌شوره و اضطرابش مجبور بود بخوابد؛ چون بایـد آدم

سالمی در آن خانه می‌بود که مراقب ملینـا و اوضاع‌واحوال باشـد و ایـن شـخص کسی غیر از مینا نبود. طولی نکشید که از خستگی به خواب فرو رفت. نیمـه‌های شب از شنیدن صدای کلید در قفل خانه بیدار شد. به ساعت نگاه کرد، سه صبح را نشان مـی‌داد امـا طبـق معمـول تابسـتان‌های اسکاندیناوی هـوا روشـن بـود. می‌دانست که کسی غیر از مهران نمی‌تواند با کلید وارد شود برای همین خیـالش راحت شد و سعی کرد دوباره بخوابـد. صـدای راه رفتـن او را از هـال شـنید. بعد متوجه شد او به داخل دستشویی رفت که درست در کنار اتاق خوابشان بـود و در را قفل کرد. مینا همان‌طور که روی تخت دراز کشیده بود گوش‌هایش را تیز کرد، اما سکوت محض در خانه حکم‌فرما بود. هیچ صدایی از داخل حمـام بـه گوشـش نخورد. آهسته از تخت بیرون آمد و با نوک پا بیرون رفت. از زیر در حمام پیدا بود که لامپی روشن نیست و همه‌چیز غرق سکوت بود. دلش از ترس فـرو ریخـت. بـا خود فکر کرد چه اتفاقی در حمام افتاده است. می‌دانست مهـران آنجاسـت، امـا او در تـاریکی محـض چـه می‌کـرد؟ گوشـش را پشـت در حمـام گذاشـت، ولـی کوچک‌ترین صدایی نشنید. باز با خود فکر کـرد کـه حـالا چـه‌کار بایـد بکنـد. از آنجاکه می‌دانست مهران در دورهٔ عود بیماری به سر می‌برد و حال خـوبی نـدارد، به شک افتاد که نکند با خودش کاری کرده باشد.

دل به دریا زد وآهسته در زد، ولی صدایی نیامد. دوباره در زد. وقتی باز هم چیزی نشنید، با صدایی آرام و مهربان گفت:

- مهران، مهران زود باش بیا بیرون من باید برم دستشویی.

حمام غرق در سکوت بود. وحشت تمام وجود مینا را فرا گرفت. حالا مطمئن شده بود که داخل حمام اتفاقی افتاده است. خواست فریـاد بکشـد، ولـی یـادش افتـاد دخترش خواب است.

باید کاری می‌کرد. به آشپزخانه رفت تا یک کارد غذاخوری بردارد، شاید با کمک آن شاید می‌توانست در حمام را که قفل بود از بیرون باز کند. همان‌طور که کارد به دست به طرف در حمام می‌رفت به ناگهان در باز شد و مهران از آن بیرون آمد. تا چشمش به مینا افتاد که با کارد غذاخوری در هال نیمه‌روشن با نوک پا به طرفش می‌آید چنان فریادی کشید که به‌طورقطع صدایش در آن نیمه‌شب نیمه‌تاریک اواخر بهار در کوچه هم شنیده شد. مینا که از ترس نزدیک بود قالب تهی کند چنان ترسید که چاقو از دستش محکم روی انگشتان پایش افتاد و از درد جیغش درآمد.

ملینای طفل معصوم اول از صدای فریاد پدرش بیدار شد و بلافاصله صدای جیغ مادرش را هم شنید و از ترس زد زیر گریه. مینا از درد روی زمین نشست و انگشت‌های پایش را در دست گرفت. مهران مثل برق از خانه بیرون رفت صدای روشن شدن اتومبیلش و گاز دادنش از کوچه به گوش رسید. مینا لنگان‌لنگان به اتاق ملینا رفت و دختر گریانش را در بغل گرفت و آرام کرد تا اینکه دوباره به خواب رفت. روی فرش اتاق نشست و به فکر فرو رفت تا اتفاقی را که همین چند دقیقه قبل در خانه افتاد حلاجی کند. به‌طور حتم مهران از دیدن مینا در آن هوای نیمه‌روشن داخل خانه تصور کرده بود که او دارد با چاقویی واقعی سر وقتش می‌رود و قصد کشتنش را کرده است، اما هر چقدر فکر کرد نفهمید مهران در حمام چه می‌کرد. به آنجا رفت و در روشنی لامپ سقفی همه‌چیز را بررسی کرد اما هیچ‌چیز غیرعادی پیدا نکرد. احتمال داشت که او در حالت حملهٔ روانی دچار توهم شده و با کسی یا چیزی تماس پیدا کرده بود. توهم جزئی از بیماری او بود. شخص بیمار کسی یا چیزی را می‌بیند که درحقیقت وجود خارجی ندارد و با آن تماس برقرار می‌کند.

واقعاً که این مرد در چه دنیای وحشتناکی زندگی می‌کرد.. حالا این زن تنها کـه ماه‌ها برای بستری کردن و معالجۀ او بی‌نتیجه این در و آن در زده بود باید چه‌کار می‌کرد؟

مینا دیگر نتوانست بخوابد. تا صبح بیدار مانـد و بـه بیمـاری همسرش، بی‌کسـی خودش و به فرزند معصومش فکر کرد. این بار دیگر اشک هم نمی‌توانست بریـزد، حتی توانی برای گریستن هم نداشت. نفهمید شوهرش در آن نیمه‌شب کجا رفت، اما به تلفن او پیغامی فرستاد و برایش نوشت که قصدش باز کردن در در حمـام بـود. امیدوار شد که دفعۀ بعد که مهران تلفنش را روشن می‌کند، پیغـام او را بخوانـد و از برگشتن به خانه واهمه‌ای نداشته باشد.

خوب می‌دانست که او الآن در جاده‌ای یا خیابانی با سرعت مشغول رانندگی است. با وجود اینکه مینا آدم خوش‌قلب و خیرخواهی بود، یک لحظه آرزو کـرد و حتـی در دلش دعا کرد که ای‌کاش این مرد دیگر هرگز به خانه برنگردد تا هـم خـودش از این بیماری خلاصی یابد و هم او و دخترش در زندگی به آرامش برسـند؛ چـون دیگر توانی برای تحمل این وضع نداشت. خیلی خسته بود.

فردای آن روز، مهران که ظاهراً پیغام او را خوانده بود، صحیح و سالم به خانه آمد و در جواب سؤال مینا که کجا بوده پاسخ داد که برای مسافرتی کوتاه به جزیره‌ای واقع در جنوب استکهلم رفته بوده است.

از نظر مینا نیامدن شوهرش به خانه و رانندگی دیوانه‌وار او در اطـراف و گوشـه و کنار شهر مهم نبود، مشکل اصلی جریمه‌های رانندگی بود کـه بـه دلیـل سـرعت غیرمجاز دریافت می‌کرد و درنهایت بـه نیـز بـه دلیـل تکـرار پیـاپی سبب شـد گواهی‌نامه‌اش چند ماه مسدود شود. این اتفـاق بـه‌طور حـتم باعـث جلـوگیری از حادثه رانندگی مهلکی شده بود؛ چـون امکـان داشـت روزی در ترافیـک شـخص

بی‌گناهی را بکشد. حالا اتومبیلی بی‌مصرف در حیاط خانه‌شان پارک شده بود کـه به اسباب‌بازی مهران و موضوع تحقیقاتی او تبدیل شده بود.

بعد از ظهر یک روز یکشنبه بود و مینا تنها در تراس خانه نشسته بود. ایـن اواخـر همیشه در فکر بود که با این شوهر بیمار چه کند. ملینا هم با دوستانش در پارک نزدیک خانه بازی می‌کرد. در همین حین که مینـا غمگیـن و خـاموش در فکـر و خیال بود، ناگهان مهران به تلفن خانه زنگ زد. او برای همسرش توضیح داد که با قطار به فروشگاهی خیلی بزرگ در غرب شهر رفته و از مینا خواست بـه دنبـالش بیاید در حمل جعبه‌های بزرگی که خریده بود و به او کمک کند. مینا که از خرید کردن‌های مهران کلافه شده بود بهانـه آورد کـه نمی‌توانـد بیایـد و از او خواسـت جنس‌ها را پس بدهد و با قطار برگردد.

مهران گفت چون روز یکشنبه است، ساعت کار فروشگاه زود تمـام شـده و دلیـل امکان پس دادن وجود ندارد. به علاوه او برای ملینا که پاییز بـه مدرسـه مـی‌رود، میز تحریر خریده است. مینا بی‌حوصـله و ناراحـت بـود، امـا چـاره‌ای جـز رفتـن نداشت. ملینا را روی صندلی کودک در پشت ماشین نشاند و به مکانی که مهـران آدرس داده بود رفت.

مینا و مهران کارتن بزرگ میز تحریر را بـه‌زور در ماشین مینا جا دادنـد و مهـران روی صندلی جلو کنار مینا نشست. مینا با مهران بحـث کـرد کـه چـرا بی‌برنامـه ناگهان از این قسمت شهر سر درآورده و این‌همه خرید کرده اسـت. مهـران طبـق معمول سریع عصبانی شد و با داد و فریاد گفت که به او ربطی ندارد.

مینا که نترسیده بود دهان باز کرد تا چیزی بگوید، امـا هنـوز کلمـات از دهـانش خارج نشده بودند که مهران مشتی بسیار محکـم بـه بـازوی راسـت مینا کوبیـد. انگشترهایی که همیشه در دستش داشت، درد این ضربه را چند برابـر کـرد. مینـا لحظه‌ای کنترل فرمان از دستش خارج شد و ماشین به سمت چپ منحـرف شـد.

شانس آوردند که در آن بعدازظهر خلوت روز یکشنبه، در خارج از شهر که همه‌جا تعطیل بو،د ماشینی در سمت مقابل آن‌ها نبود واگرنه تصادف شده بود.

مینا سریع ترمز کرد و ماشین را در وسط خیابان متوقف کرد از آینه ماشین دید ملینای ترسان که مشت زدن مهران را از فاصلۀ نزدیک دیـده بـود، سـرش را روی زانوهایش خم کرده و صورتش را با دستان کوچکش پوشانده بود.

مینا با فریاد از مهران خواسـت کـه از ماشـین پیـاده شـود ولـی مهران بی‌اعتنـا همچنان نشسته بود این وضع چند ثانیـه طـول کشـید. اتـومبیلی از راه رسیـد و پشت سر مینا بی‌حرکت ایستاد و منتظر حرکت او بود و مینا دوباره با داد و فریـاد به مهران دستور داد که پیاده شود و مهران که خیال پیـاده شـدن نداشـت بـرای ساکت کردن مینا مشتی به سرش کوبید. در این لحظه راننـدۀ اتوموبیل عقبی، که حالا شاهد کتک‌کاری و دعوا بود، بلافاصـله گـاز داد و از بغـل آن‌هـا عبـور کـرد. ماشین‌های دیگر هم همین کار را کردند. مثل همیشه مـردم چشمانشـان را روی خشونت بـه زنـی در اتومبیـل بسـتند و تظـاهر بـه ندیـدن کردنـد. روی خـود را برگرداندند تا شاهد ارتکاب جرم و تخلف در روز روشن نباشند. آه از این آدم‌هـای بی‌مروت و بی‌شهامت در مملکت غریب.

مینا که چارۀ دیگری نداشت، ماشین را به حرکت آورد و به سوی خانـه رانـد. در تمام طول راه هر دو ساکت بودند و کلمه‌ای با هم حرف نزدند، اما مینا بی‌صـدا در درون گریه می‌کرد زیرا نمی‌دانست چه کنـد و عـاقبتش بـا ایـن مـرد بیمـار چـه می‌شود؟

وسط راه اتوموبیل پلیس از مقابل آن‌ها گذشت. در یک لحظه برای اولین بار این فکر به سر مینا زد که دور بزند دنبالشان برود تا بـا نشـان دادن کبـودی بـازویش مهران را همانجا تحویل پلیس دهد و از شـرش خـلاص شـود. امـا مثـل همیشـه

صدایی از درونش گفت: نه، نه! این کار را نکن! این اشتباه است. باز هم صبر کـن. شاید درست شود شاید ...

فصل یازدهم

حدود دو هفته از روزی که مهران برای ملینا میز تحریر خریده بود گذشت. مینا هـر وقت چشـمش بـه میـز تحریـر می‌افتـاد بـه یـاد آن روز جهنمـی و دعـوا و کتک‌کاری در اتومبیل می‌افتاد و با خودش فکر می‌کـرد کـه روز خریـد ایـن میـز تحریر هرگز فراموش نخواهد شد.

مهران همچنان بیکار می‌گشت. هر روز بـه مرکـز خریـد و فروشگاه‌ها می‌رفـت و خرید می‌کرد. خانه از وسایل بی‌موردی که او خریده بود پر شده بود و مینا جرئت اعتراض نداشت. تمام کیسه‌های خرید مثل تپه‌ای در گوشهٔ اتاق پذیرایی روی هم افتاده بود و مینا که دیگر از همه‌چیز خسته شده بود، کوچک‌ترین اهمیتی به این تپهٔ پلاستیکی گوشه اتاق نمی‌داد.

تماس‌هایش با کادر پزشکی نیز هیچ نتیجه‌ای نداشت. روزی با خود فکر کـرد کـه دیگر تحملش تمام شده و از بس به این در و آن در زده تا مهران را بستری کنـد، خسته شده است. تصمیم گرفت او را به حال خودش رهـا کنـد تـا ببینـد اوضـاع چطور پیش می‌رود.

تنها راهی که داشت این بود که ملینا را بردارد و برود، اما کجا؟ دلش نمی‌خواست پایش به پناهگاه زنان آسیب‌دیده باز شود و در آنجا خود را مخفـی کنـد. در ایـن صورت شرکتش به سوی زوال و ورشکستگی می‌رفـت و ایـن اتفـاق هرگـز نبایـد می‌افتاد. آن هم بعد از این‌همه زحمتی کـه او بـرای راه‌انـدازی شـرکت و جـذب مشتری کرده بود.

تابستان در راه بود و به زودی مدرسه‌ها هم تعطیل می‌شدند. همه در فکر تدارک مسافرت و گذراندن تعطیلات بودند، درحالی‌که مینای بدبخت هر روز زانـوی غـم

بغل می‌کرد. نمی‌دانست چه کند و عاقبتش با یک بچه با این شـوهر بیمـار چـه خواهد شد.

مهران را می‌دید که در عمیق‌ترین مرحلۀ بیماری روانی غـرق شـده و تماسـش را به‌کل با واقعیت از دست داده بود. مرتب با کارت بـانکی‌اش خریـد می‌کـرد. مـدام پای تلفن بود و به همۀ دنیا زنگ می‌زد و لابد مردم بیچاره‌ای که او را نمی‌دیدنـد و از حالش خبر نداشتند، از پرت‌وپلاهایی که پشت تلفـن می‌شـنیدند، حیـرت‌زده می‌شدند.

مینا با خود فکر می‌کرد تکلیف صورت‌حساب‌هایی که خواهد آمـد چـه می‌شـود، چگونه باید پرداخت شوند و پس‌انداز مهران کـی تمـام می‌شـود. از طرفـی خـوب می‌دانست که اگر بخواهد مانع خرید کردن او شود باز هم دعـوا و کتک‌کـاری بـه راه می‌افتد. دیگر فکرش به هیچ جا نمی‌رسید. آن‌قدر لاغر و تکیده شده بـود کـه همه با دیدنش حیرت می‌کردند و فکر می‌کردند که بیمار است.

یکشنبۀ پردردسر دیگری از راه رسیده بود. مهران تمام روز در حیاط خانه تلفـن به دست راه رفته و با صدای بلند به فارسی با دوستانش حرف زده بـود. صـدایش در تمام کوچه شنیده می‌شد و مینا به‌وضوح می‌دید که همسایه‌ها چطور با تعجب سر می‌کشند و به او نگاه می‌کنند و بسیار شرمگین می‌شـد. چندین بار هم بـر اثـر ور رفتن با اتومبیلش در حیاط خانه باعث شد تا دزدگیر ماشین در برود و صـدای گوش‌خراش آن در تمام محله بپیچد.

مینا از شدت فکر و خیال میگرن عصبی شده بود و تمام روز سردرد داشـت. بعد از اینکه شام ملینا را داد و او را خواباند تصمیم گرفت خودش هم بخوابد. فردا دوشنبه و روز کاری بود.

مهران در عالم خودش بود. مینا می‌دید که او با وجود گرمای شدید کاپشن تنش کرده و در ساعت یازده شب با عینک آفتابی داخل خانه راه می‌رود و با تلفن حرف می‌زند.

خدا می‌داند که چقدر از دیدن این آدم زجر می‌برد و خجالت می‌کشید. آرزو می‌کرد روزی این مهران از خانه برود و دیگر هرگز برنگردد.

مینا به اتاق خواب رفت تا بخوابد. پس از دقایقی مهران هم با همان شکل و شمایل مسخره‌اش داخل اتاق شد و تلفن به دست به طرف میز کامپیوتر رفت که در کنار تخت بود و آن را روشن کرد.

مینا با لحنی آرام از مهران خواهش کرد که بیرون برود تا او که سردرد داشت بتواند بخوابد، اما مهران بی‌توجه به کار خود مشغول شد.

کامپیوترهای قدیمی با مونیتورهای ضخیم و بلندگوهای بزرگشان خیلی پرسروصدا بودند. مینا بلند شد، به طرف کامپیوتر رفت و خواست که آن را خاموش کند که ناگهان مهران فریاد کشان دستش را گرفت و هلش داد.

مینا تلو تلو خوران عقب رفت و سرش به دیوار خورد و ایستاد. مهران جلو آمد با نگاهی بسیار بسیار ترسناک مینا را گرفت و به دیوار کوبید و فریاد کشید:

- می‌کشمت.

مینا خونسردی‌اش را حفظ کرد چون خوب می‌دانست که الآن ملینا در اتاق روبرویی بیدار شده و ترسان و هراسان است. با آرامش از مهران معذرت‌خواهی کرد و خواست تا او رهایش کند. باید به اتاق ملینا می‌رفت.

دست مهران که گردن مینا را چسبیده بود، کم‌کم شل شد و مینا خود را خلاص کرد. مهران دوباره به طرف میز کامپیوتر رفت و مینا دوان‌دوان به اتاق ملینا رفت. همان‌طور که حدس زده بود دید ملینا روی تخت نشسته و پتو را روی سرش

کشیده بود. قلبش به درد آمد و دلش هزار تکه شد؛ چون وقتی پتو را از روی سر ملینا کنار زد قطرات اشکی را که از چشمان دختر زیبا و کوچک و معصومش می‌چکید دید.

حالا خودش هم می‌گریست. این وضع دیگر قابل‌تحمل نبود. مینا دیگر قدرتی برای صبور بودن و تحمل کردن نداشت. تقریباً دو ماه با این وضع زندگی کرده بود و حالا به‌خوبی می‌دانست که دیگر نیروی برای مقابله با این مرد بیمار را ندارد. ملینا را بغل کرد و روی زمین نشست و با خود فکر کرد که حالا چه کند.

صدایی از هال شنید. از سوراخ کلید در اتاق ملینا نگاه کرد و مهران را دید که به اتاق پذیرائی می‌رفت. ملینا را که حالا آرام شده بود دوباره در تختش گذاشت و بسیار آهسته روی نوک پا به اتاق رفت. مهران که او را پشت سرش ندیده بود، داشت داخل کیسه‌های خریدش دنبال چیزی می‌گشت و با خودش حرف می‌زد. مینا نزدیک‌تر شد و گوشش را تیز کرد و شنید که مهران با خودش تکرار می‌کرد: «می‌کشمت. فقط تو رو نمی‌کشم، اصلاً هر سه تامونو می‌کشم.»

قلب مینا در سینه ایستاد. آرام روی پنجه پا به اتاق خواب رفت، تلفن همراهش را برداشت و سریع به اتاق ملینا برگشت و در را از داخل قفل کرد.

دیگر جایی برای تأمل نبود. این لحظه بی‌تردید آخرین فرصت بود و اگر مینا دوباره صبر می‌کرد، معلوم نبود چه پیش می‌آمد.

بی‌درنگ شمارهٔ پلیس را گرفت. مهران که از پشت در صدایش را شنیده بود با لگد به در می‌زد و می‌خواست که مینا در را باز کند. ملینا که تازه آرام شده بود دوباره از ترس با صدای بلند گریه می‌کرد.

کسی که در ادارهٔ پلیس جواب تلفن او را داد به‌وضوح همهٔ این صداها را شنید. بی‌تأمل به مینا گفت که سریع آدرس بدهد و قطع کند. بعد از پایان مکالمه مینا، ملینای گریان را در آغوش گرفت و درحالی‌که خودش نیز می‌گریست به او گفت:

- آروم باش دختر قشنگم. دیگه داره تموم می‌شه. این دیگه آخرشه ...

چند دقیقه‌ای در سکوت مطلق گذشت. مینا از سوراخ کلید نگاه کرد و مهـران را ندید، اما در اتاق خواب خودشان بسته بود. دقایقی بعد مینا از پشت پنجرۀ اتاق ملینا که رو به خیابان بود ماشین پلیس را دید که جلوی خانه ایستاد و چهار نفر از آن پیاده شده و به خانۀ تاریک آن‌ها خیره شدند. با خود فکر کرد خـدا را شکر که دیروقت است و همسایه‌ها احتمالاً خواب‌اند. مینا از ملینا خواست در اتاقش بماند و به‌هیچ‌وجه بیرون نیاید. آهسته در اتاق را گشود و سر کشید اما مهران را ندید. به طرف در ورودی خانه رفت دستش را برد که قفل در خانـه را بچرخانـد و در را باز کند که متوجه شد مهران از داخل قفل پلیس را هم بسته است. بـا خـود فکر کرد لعنت به این مهران. برگشت و از داخل کشوی کمد کنار در ورودی کلید خودش را برداشت و قفل را از داخل بـاز کـرد، امـا تـا خواسـت دستـگیره در را بچرخاند ناگهان مهران از پشت خودش را روی مینا انـداخت و گـردنش را سـفت چسبید.

مینا که صورتش مقابل پلیس‌ها بود و به‌خوبی آن‌ها را از پشت شیشـه در ورودی می‌دید، دید که آن‌ها چطور وحشت‌زده به این صحنه خیـره شـده‌اند. پلیسـی بـه زبان سوئدی فریاد کشید:

- ولش کن

اما مهران با دست راستش تلفن و با دست دیگـر همچنـان سـفت گـردن مینـا را گرفته بود. ناگهان پلیس دیگری باتون خود را درآورد و با چند ضربه پیاپی شیشه روی در را شکست. در خانه که قبلاً با کلید مینا باز شده بود، با ضربه بـاتون روی پاشنه چرخید و باز شد. مهران گردن مینا را رها کرد. مینا وحشت‌زده چشمانش را بسـت و سـرش را خـم کـرد تـا از رفتـن شیشـه‌های خـرد و شکسـته کـه بـه

سروصورتش می‌پاشید به داخل چشمش جلوگیری کند و بعد دیگـر نفهمیـد چـه شد.

فصل دوازدهم

پس از مدتی مینا که شوکه شـده بـود، آرام‌آرام چشـمانش را گشـود. روی زمیـن نشسته بود و دو پلیس را بالای سر خود دید. پلیس دیگری ملینـای گریـان را در آغوش داشت و در اتاق پذیرایی راه می‌رفت تا او را آرام کند.

مینا سعی کرد به خاطر بیاورد که چه شده. ناگهان بـه خـاطر آورد دقـایقی قبـل تکه‌های شیشه به صورتش پاشیده شده بود و اشک به چشمانش آمد.

پلیس‌های سوئدی بی‌شک مهربان‌ترین پلیس‌های دنیا هستند. با آرامش به مینا کمک کردند تا از زمین برخیزد و روی صندلی آشـپزخانه بنشـیند. پرسـیدند کـه آیااحتیاج به آمبولانس دارد یا نه.

مینا با خودش فکر کرد که او قوی‌تر از این حرف‌ها بود که با تلنگری از پا درآید، واگرنه این‌همه سال زیردست مهران مرده بود.

در این لحظه ناگهان یاد مهران افتاد و آهسته از پلیسی که روی صندلی مقابلش نشسته بود سؤال کرد:

- راستی همسرم کجاست؟

پلیس خیلی آهسته طوری که فقط مینا بشنود جواب داد مهران دستگیر شـده و به ادارهٔ پلیس منتقل شده است.

او در یک لحظه از اینکه مهران دیگر در خانه نیسـت خوشـحال شـد و احسـاس آرامش عجیبی کرد. به‌راستی چه جهنمی در این دو ماه اخیر برایش درست کرده بود.

پلیس‌ها از مینـا بـازجویی مختصـری کردنـد و بعـد در اتـاق پـذیرایی روی تـل کیسه‌های خرید مهران تفنگی پیدا کردند. تفنگی بادی بـود کـه احتمـالاً مهران آماده‌اش بود تا در موقع لزوم از آن استفاده کند.

طبق گفته پلیس‌ها این تفنگی نبود که آدم بکشد، اما شـلیکش بـه بـدن بسـیار دردناک بود. پلیس‌ها از تفنگ و از جراحـاتی کـه روی بـدن مینـا دیدنـد عکـس گرفتند و ترتیبی دادند که کسی بیاید شیشه‌های خردشده را از روی زمین جمع کند و روی پنجره شکسته چسب بزند که خطر دزدی وجود نداشته باشد.

ملینا از خستگی در آغوش پلیس خوابش برد. او را در تختش گذاشتند و قرار شد مینا فردا برای بازجویی مفصل‌تر به ادارهٔ پلیس برود. خانه خالی شد. مینا روی تخت افتاد. همه بدنش خرد و خمیر بود. مغزش کار نمی‌کرد. ساعت از سه نیمه‌شب گذشته بود که بالاخره از حال رفت.

ساعت شش صبح با زنگ هشدار تلفن از خواب بیدار شد. لحظه‌ای فکر کرد همهٔ این‌ها کابوس بوده. دستش را دراز کرد تا با لمس بفهمد که آیا مهران در کنارش دراز کشیده یا نه. جای خالی مهران به او ثابت کرد که اتفاقات دیشب خواب نبوده و مهران واقعاً دستگیر شده است. اشک در چشمان مینا حلقه زد و بغض گلویش را فشرد. از فکر اینکه شوهر بیمارش دیشب را در ادارهٔ پلیس به سر برده و حتماً تا صبح پلک به هم نزده بود دلش به درد آمد.

مینا باید سر کار می‌رفت. با وضعیتی که پیش آمده بود، کار کردن الزامی بود؛ چون به زودی تمام صورت‌حساب‌های پرداخت‌نشده برای خریدهای مهران سرازیر می‌شد.

به حمام رفت تا کاملاً بیدار و هوشیار شود. بعد ملینا را بیدار کرد و با هم بیرون رفتند. متوجه شد همسایه‌ها با کنجکاوی سرک می‌کشند و به او و ملینا، که در کوچه راه می‌رفتند، نگاه می‌کردند. حتماً شیشهٔ شکسته در خانه را دیده بودند. خوشبختانه یا متأسفانه سردی ذاتی مردم اسکاندیناوی مانع از آن بود که جلو بیایند و چیزی بپرسند. مینا دخترش را به مهد کودک گذشت و از او قول گرفت که از اتفاقات دیشب چیزی برای مربیان و دوستان مهد کودکش نگوید.

آن روز با هر زجری که بود به مشتری‌هایش رسید. در حین کار پلیسی زنگ زد و از او خواست ساعت شش بعدازظهر برای بازجویی به ادارهٔ پلیس بیاید. تمام روز فکرش پیش اتفاقات شب قبل بود و درست مثل مرده‌ای که از قبر بیرون آمده باشد، رنگ‌پریده این سو و آن سو می‌رفت.

ساعت شش با ملینا به بازجویی رفت و از اتفاقاتی که در دو ماه اخیـر افتـاده بـود تعریف کرد. همچنین تأکید کرد که مهران بیمار است و احتیاج بـه دارو و درمـان دارد نه زندان.

مینای ساده‌دل از سیستم قضایی سوئد خبری نداشت. این اولـین بـاری بـود کـه سروکارش با قانون افتاده بود. به خیال خودش فکر می‌کرد مهران را به بیمارستان منتقل می‌کنند و تحت درمان قرار می‌گیرد، اما زهی خیال باطل!

بعدها از اینکه مجبور شده بود مهران را تحویل پلیس بدهد تا بـه خیـال خـودش درمان شود، سخت پشیمان شد. پرونده داشتن در دادگاه‌های سوئد آن‌قدر سـخت و طاقت‌فرسا بود و چنان انرژی مینا را از بین برد کـه از تـه دل خـودش را لعنـت کرد که از بیچارگی دست به چنین کاری زده بود.

دو روز بعد پلیس به مینا زنگ زد و گفت که بـازپرس پرونـده را بررسـی و حکـم بازداشت مهران را صادر کرده است. او را بـه زنـدان انفـرادی در شـمال اسـتکهلم منتقل کرده‌اند. یک وکیل به‌زودی با مینا تمـاس مـی‌گیـرد و پرونـده بـه دادگـاه منتقل می‌شود؛ چون طبق شهادت پلیس‌ها مهران مرتکب جرم سنگینی شده بود که گلوی مینا را گرفته و او را تهدید به قتل کرده بود.

کار از آن‌که بود، سخت‌تر شد. در ملاقات با وکیل مینا باز هـم جریـان بیمـاری و پروندهٔ پزشکی مهران را شرح داد و تأکید کرد که قصدش بسـتری شـدن مهـران بود نه زندانی شدنش.

وکیل برایش توضیح داد که فرقی نمی‌کند مهران مـریض اسـت یـا نـه. او جرمـی مرتکب شده و اگر در دادگاه متهم شناخته شود، طبـق دسـتور قاضـی معاینـات پزشکی بسیار دقیقی انجام خواهد شد. اگر دکتر تشخیص دهد او بیمار است، تازه آن موقع درمان آغاز می‌شود و اگر بی‌گناه شناخته شود، آزاد می‌شود.

قلب مینا فرو ریخت. یعنی امکان داشت که واقعاً مهران بعد از دادگاه خلاص شود و دوباره با آن حال سر وقت مینا بیاید؟ وکیل به او اطمینان داد که با وجود شاهدان موجود، امکان این امر بسیار ضعیف است.

مینا که تابه‌حال وارد مسائل قضائی و جرائم و دادگاه نشده بود، اطلاع چندانی از روند کارها نداشت. فکر می‌کرد تمام این مراحل سریع انجام می‌شود و مهران تحت درمان لازم قرار می‌گیرد.

روز دادگاه فرا رسید. مینا وارد سالن انتظار شد و حمید خان را دید که روی صندلی نشسته بود. خاله به دلیل بیماری قادر به حضور نبود. مهران از زندان با خانواده‌اش در ایران و برادرش در آمریکا تماس گرفته و ماجرا را از دید بیمار خودش تعریف کرده بود. حمید خان که از این اتفاقات کاملاً جا خورده بود، در حیرت بود که چرا هیچ‌وقت همسرش از بیماری روحی خواهرزاده‌اش چیزی به او نگفته بود.

پس از دقایقی مهران با دستبند و درحالی‌که دو پلیس در دو طرفش بودند، از پله‌ها بالا آمد. به‌محض دیدن مینا سرش را پایین انداخت تا نگاهش به او نیفتد. مینا به‌خوبی می‌دید که چقدر تکیده شده و آشکار بود در این دو هفته در انفرادی زجر بسیاری کشیده بود.

مینا دلش سوخت، اما به یاد آورد که چقدر تلاش کرد تا به مهران بفهماند که باید به دکتر مراجعه کند و بستری شود. اگر حرفش را گوش کرده بود، حالا کار به این جاهای باریک نکشیده بود.

وقتی دادگاه شروع شد نگهبانان دستبند مهران را باز کردند تا آسوده بنشیند. نگاه مینا به دست‌های مهران خیره شد و به یاد آورد که چقدر با آن دست‌ها به سرش مشت و به صورتش سیلی زده بود. انگار خدا از گناه مهران نگذشته بود و برایش تقاص مقدر کرده بود که حالا بعد از سال‌ها آزار و اذیت مینا خودش با

ندانم‌کاری خودش را به این روز بیندازد و بعد هم با لجبازی و خودسری در چنگ قانون گرفتار شود.

از یادآوری این خاطرات یک لحظه قلب مینا سنگ شد و دلش برای خودش سوخت. چرا او گناه نداشت که این‌همه مورد شکنجه و ظلم مهران قرار گرفته بود؟ چرا همه دلشان برای مهران می‌سوزد که در زندان افتاده، اما موقعی که مینا در خلوت و در خیابان کتک می‌خورد و تحقیر می‌شد کسی برایش دلسوزی نمی‌کرد؟

مینا به‌شدت علیه مهران شهادت داد، ولی باز هم تأکید کرد که مهران بیمار و نیازمند درمان است.

پس از چند ساعت رأی دادگاه صادر شد. مهران متهم به «نقض فاحش حقوق زنان» شناخته شد و دوباره باید به زندان منتقل می‌شد. اما بنا بر گزارش پزشک زندان متهم مشکوک به بیماری روحی بود و لازم بود معاینات دقیق روان‌پزشکی قانونی روی او انجام شود تا صحت بیماری روحی‌اش تأیید شود.

وقتی به مهران دستبند زدند که او را از دادگاه ببرند فریاد می‌کشید که بی‌گناه است و مینا دروغ می‌گوید.

فصل سیزدهم

چند هفته از روز دادگاه گذشت. هیچ‌کدام از بستگان مهـران، نـه از ایـران و نـه از آمریکا، با مینا تماسی نگرفتند و مشخص بود که از او بی‌نهایت خشمگین‌اند.

تعطیلات تابستان بود و شهر خلوت شده بود. مشتری‌های مینا هم کم شده بودند و از طرفی صورت‌حساب‌های خریدهای مهـران بـا کـارت اعتبـاری‌اش هـر روز بـا پست می‌آمد.

مینا می‌دانست که در حساب مهران پول هست، اما برای برداشت از حساب او باید از طرف مهران وکالت می‌داشت یا به کارت بانکی و کد کارتش دسترسـی داشـت، ولی این حقی بود که در زندگی مشترک هرگز به مینا داده نشده بود.

مینا کلافه و درمانده بود. اگرقبض‌های مهران را پرداخت نمی‌کرد، همۀ آن‌هـا بـه اجرا گذاشته می‌شدند و برای پرداختشان از حساب خود مهران هم به وکالت‌نامـه

لازم بود با امضای خود مهران بود نیاز بود. جعل امضا هم جرمی سنگین بود که مینا به‌هیچ‌وجه نمی‌توانست و نمی‌خواست مرتکب آن شود. با وجود تمام این حرف‌ها بعدها به گوشش رسید که از طرف مهران و خانواده‌اش متهم شده بود که مهران را به زندان انداخته تا حساب بانکی او را خالی کند.

زن درمانده، نه‌تنها پـول شـوهرش را برنداشـته بـود، بلکـه مجبورشـده بودهمـهٔ صورتحساب‌های او را هم خودش پرداخت کند واگرنه همه اجرا گذاشته می‌شـدند و خانه، اتومبیل و تمام دارایی‌شـان مصادره مـی‌شـد. حـالا کـه از شـر مهـران و آزارهای او خلاصی پیدا کرده بود، در مشکل مالی گرفتار شده بود.

وسایل غیرضروری که مهران خریده بود را جمع کرد و با پیدا کردن رسیدشان در بین کاغذهای مهران موفق شد بسیاری از آن‌ها را که اصلاً بـاز هـم نشـده بودنـد، پس بدهد و به این طریق کمی پول به دستش آمد.

صورت حساب برق و آب و بیمه و بقیهٔ مخارج هم به زودی می‌آمـد. مینـا بسـیار نگران بود. حالا که مهران نبود تا اذیت کند او را از غصه این چیزها شب‌ها خـوابش نمی‌برد.

یک روز که اعصابش خیلی به هم ریخته بـود بـه ادارهٔ پلـیس رفـت و گفـت کـه می‌خواهد شکایتش را پس بگیرد، اما شنید که الآن خیلی دیر شده است و او باید قبل از اینکه کار به دادگاه بکشد از شکایتش انصراف می‌داد.

روز بعد فکری به سرش زد و تصمیم گرفت به‌جای غصه خوردن، بیشتر کار کنـد و تغییرات عمده‌ای در خدمات شرکتش بدهد.

به مشتری‌هایش که همه پیر بودند و در خانه زندگی می‌کردند پیشـنهاد داد کـه می‌تواند برای انجام کارهای باغبانی هم کمکشان کند. او بلد بود چمن‌ها را کوتـاه و حیاط را تمیز کند. به این ترتیب خدمات جدید شرکت مینا شروع شد، اما کـار

کردن در حیاط‌های بزرگ سالمندان و باغبانی در هوای گرم تابسـتان طاقت‌فرسـا بود، ولی چارۀ دیگری نداشت.

همۀ دوستان ملینا با مادر و پدرشان به مسافرت یا خانه‌های ییلاقی‌شـان رفتـه بودند، ولی طفلک ملینای معصوم یا به مهد کودک تابستانی می‌رفت یا با مـادرش سر کار می‌رفت. وقتی مینا چمن‌ها را می‌زد یا برگ‌ها را جمع می‌کرد ملینـا هـم برای خودش با عروسکی سرگرم بود یا با مشتری سالمند و تنهـای مـادرش بـازی می‌کرد و او را شاد و سرگرم می‌کرد.

یک دورۀ سخت دیگر در زندگی مینا آغـاز شـده بـود کـه کـاملاً بـرایش تـازگی داشت. در زندگی‌اش با مهران، علی‌رغم همۀ سختی‌هایی که کشـیده بـود، هرگـز مجبور نشده بود به این سختی کـار کنـد. حـالا هـر وقـت کـه شـاخ و برگ‌هـای پلاسیده را به ته باغ می‌برد تا در جعبۀ کودها خالی کند، بی‌اختیار به یـاد مهران می‌افتاد که اگر مینا را در این حال می‌دید چقدر مسخره‌اش می‌کرد و حتماً دلش خنک می‌شد که بعد از به زندان انداختن او به این روز افتاده است و بایـد سـخت جان بکند.

بعضی وقت‌ها از فشار کار خسته می‌شد و شب‌ها در خانه گریـه می‌کـرد. در ایـن موقع ملینای کوچولو که صدای گریه‌اش را می‌شنید دوان‌دوان می‌آمـد و مـادرش را بغل می‌کرد و به فارسی می‌گفت: «ماما گریه نکن تو منو داری.»

مهران تحت معاینات دقیق روان‌پزشکی قانونی قرار گرفـت و پـس از یـک سـری معاینات کلی و مفصل دکتر گواهی صادر کـرد کـه او بیمـار اسـت و جرمـی کـه مرتکب شده نیز بر اثر بیماری بوده است. پـس از آن دادگـاه دوم حکـم نهـایی را صادر کرد و مهران محکوم به گذراندن دورۀ روان‌پزشکی قانونی شد.

مهران را از بازداشتگاه به بخش درمان روان‌پزشکی قانونی منتقل کردند تا تحـت درمان قرار بگیرد. مینای خوش‌خیال فکر می‌کرد اینجا هم مثل بخش‌هایی اسـت

که مهران قبلاً در آن‌ها بستری و پس از طی دورهٔ درمان مرخص می‌شد. غافل از اینکه این درمانی بسیار اختصاصی و طولانی بود که مدت مدیدی طول می‌کشید و برای خلاص شدن از آنجا باید دادگاه حکم صادر می‌کرد. وکیل مینا با او تماس گرفت و جریان حکم دادگاه و چگونگی مراحل طولانی روان‌درمانی قانونی را برایش توضیح داد.

آه از نهاد مینا برآمد و به‌شدت ناراحت شد. بعد از پایان کارش ابتدا تنها به خانه رفت و از نبودن ملینا استفاده کرد و ساعتی در تنهایی گریست، فریاد کشید، خودش را زد و سرش را به دیوار کوبید اما چه حاصل!

این‌طور که از حمید خان بعداً شنید مهران نیز از این مسئله بسیار خشمگین شده بود. خانواده‌اش هم در ایران خیلی ناراحتی کرده و مینای بیچاره را ناله و نفرین کرده بودند. از نظر آن‌ها تقصیر مینا بود که مهران را مریض کرده بود و حالا هم که با ندانم‌کاری مهران را در چنگ روان‌درمانی قانونی طولانی‌مدت اسیر کرده بود.

مینا با خود اندیشید این‌ها همان خانواده‌ای هستند که وقتی او با التماس از آن‌ها کمک می‌خواست تا مهران را راضی کنند به پزشک خودش مراجعه کند، از این کار امتناع کرده بودند. صدور این حکم به این معنا بود که مهران تا مدت‌ها خلاص نمی‌شود و مینا در آن شرایط سخت گیر افتاده بود. مجبور بود به‌شدت کار کند و تمام صورت‌حساب‌ها را پرداخت کند، درحالی‌که مهران آسوده در بیمارستان بود و تازه همه هم به مینا ناسزا می‌گفتند و از او متنفر بودند.
اما در حقیقت کدام‌یک از آن‌ها شرایط سخت‌تری داشتند مینا یا مهران؟
هرگز کسی ندید و نفهمید که مینا چطور بار زندگی با یک بچه را در بی‌کسی و تنهایی به دوش می‌کشد، چگونه هر روز بیشتر از روز قبل کمرش زیر فشار سنگین کار بدنی خرد می‌شود. او هر روز پشت فرمان ماشین زار می‌زد و اشک

می‌ریخت و هیچ‌کس شاهد اشک ریختن‌های او نبود. به‌راستی که زمانه و روزگار در حق این زن تنها و این مادر جوان زجرکشیده ستم کرده بود.

فصل چهاردهم

پاییز غم‌انگیز استکهلم فرا رسید، ولی پاییز زندگی مینا در حقیقت از عید شروع شده بود. ملینا روز اول مدرسه را آغاز کرد، درحالی‌که پدرش در بخش روان‌درمانی قانونی بیمارستانی در شمال استکهلم به سر می‌برد و حق بیرون آمدن از پشت درهای بسته را نداشت.

زندگی از نظر مینا به دختر کوچک و معصومش ظلم کرده بود. بی‌شک بچه‌هایی در شرایط ملینا در این شهر انگشت‌شمار بودند.

مینا تمام تابستان را بدون اینکه تعطیلی بگیرد کار کرده بود. با تلاش سخت و صرفه‌جویی بسیار، اقتصاد خانواده را اداره کرده و در مسیر درست قرار داده بود. بسیاری از بدهی‌های مهران پرداخت شده بود و این کمی به مینا آرامش می‌داد. با وجود این، معلوم نبود شروع پاییز بود یا غربت و شرایط سخت که باعث شد او دچار افسردگی و عذاب وجدان شدید شود.

مینا هر روز گریه می‌کرد. گاهی آن‌قدر می‌گریست که دیگر اشکی از چشمانش جاری نمی‌شد. هیچ‌کس از اقوام مهران در این مدت نه از او و نه از ملینا احوالی نپرسیدند. مینا از اینکه به او بی‌اعتنایی می‌شد دچار حیرت نبود، اما از اینکه

حتی به نوهٔ کوچک و بی‌گناهشان نیز پشت کرده بودند و او را به امان خدا سپرده بودند، شگفت‌زده بود. حتی دوستان نزدیک مهران نیز که هرسال در تولد مینا به جشنی مفصل دعوت می‌شدند، غیبشان زده بود. مهران از زندان با آن‌ها تماس گرفته و داستان‌بافی کرده بود. اینکه مینا مرد دیگری را ملاقات کرده و برای همین بی‌دلیل به او تهمت زده و او را روانهٔ زندان کرده بود تا در غیاب او با مرد جدیدش خوش بگذراند. پس جای تعجب نبود که هیچ‌کس سراغی از او نمی‌گرفت؛ زیرا مینا هرگز از مهران شکایتی به کسی نکرده بود و حتی موضوع بیماری‌اش را هم پنهان کرده بود. حالا طبیعی است دوستانی که ظاهر این زندگی زیبا را دیده بودند، جانب مهران را بگیرند و از مینا دوری کنند.

مهران در بیمارستان بود و مینا از طریق حمید خان مطلع شده بود که حالش پس از مصرف دوبارهٔ داروهای قدیمی‌اش کمی بهتر شده، اما هنوز به‌طور وحشتناکی از دست مینا عصبانی و از او متنفر است و به‌هیچ‌وجه دلش نمی‌خواهد او را ببیند. حتی پیغام داده بود که ملینا را هم نمی‌خواهد ببیند چون مجبور بود چشمش به صورت مینا بیفتد.

مینا به یاد آورد که روز تولد ملینا که قبل از شروع مدرسه بود، نه مهران و نه هیچ‌کدام از اعضای خانواده‌اش تماسی نگرفتند. این مسئله زیاد هم تعجب‌آور نبود؛ چون ملینا تلفن همراه نداشت که کسی بخواهد مستقیم با خود او تماس بگیرد. مسلماً آن‌ها هم دوست نداشتند که به تلفن خانه زنگ بزنند و صدای مینا را بشنوند.

برای تولد ملینا فقط یکی از دوستان هم‌کلاسی‌اش به همراه مادرش دعوت بود و در مقایسه با جشن تولد او در سال‌های قبل بسیار حقیرانه و سوت و کور بود. اما مینا تا جایی که توان مالی داشت سعی کرده بود برای دخترش مهمانی کوچکی بگیرد. ملینا در پیراهن آبی‌رنگ که پدرش در سفر اخیر و جهنمی‌اش به امریکا برایش آورده بود مثل عروسک شده بود. کیک تولد را خودشان درست کرده

بودند و موقعی که ملینا خواست شمع تولدش را فوت کند مادر دوستش خانم کریستینا گفت که آرزویی بکند. ملینا هم از روی بچگی به سوئدی گفت:

- آرزو می‌کنم مامان و بابام دوباره با هم آشتی کنند و بابام برگرده دوباره خونه.

مینا با بغضی در گلو به حیاط رفت تا کسی اشکش را نبیند. کریستینا که از موضوع بی‌خبر بود به دنبالش آمد تا هم از او دلجویی کند هم اینکه از سر بی‌خبری با جمله‌اش نمک به زخم او پاشیده بود، معذرت‌خواهی کند. در اینجا مینا ناچار شد تا حدی موضوع را برای این خانم مهربان بازگو کند، البته نه تمام و کمال چون مجبور بود که فکر آبروی خانوادگی و آیندۀ دخترش باشد.

او به دلیل حسادت و شکاک بودن بیمارگونۀ مهران تقریباً هرگز جرئت نکرده بود با کسی دوستی و معاشرت داشته باشد و حالا بیشتر از همیشه خود را تنها و بی‌کس احساس می‌کرد. به خانواده‌اش در ایران چیزی نگفته بود و مثل همیشه رعایت بیماری قلبی مادرش را کرده بود. فقط برادر کوچک‌تر مینا بود که قضیه را می‌دانست، اما او هم مشغول تحصیل در دانشگاه بود و کاری نمی‌توانست برایش انجام دهد.

خانوادۀ مهران و مینا با اینکه هر دو در تهران زندگی می‌کردند، اما با هم معاشرتی نداشتند و این به مینا آرامش می‌داد که مادر مریضش از بدبختی و مصیبت دختر بی‌کس و تنهایش در غربت خبردار نخواهد شد.

مینا دچار افسردگی شده بود. به پزشک مراجعه کرد و مقداری دارو دریافت کرد که خوشبختانه کمی حالش را بهتر کرد. همچنان سر کار می‌رفت؛ چون واقعاً نمی‌توانست به دلیل بیماری در خانه بماند و استراحت کند. گذشته از این از تنها ماندن در خانه هم به‌شدت متنفر بود؛ چون سال‌ها به دستور مهران در خانه مانده و خانه‌داری کرده بود.

زمستان آغاز شد و کار مینا سخت‌تر شد. حالا که دیگر کسی کار باغبانی نداشت و برف‌روبی از حیاط‌های بزرگ در خانه‌های قدیمی جانشین آن شده بود.

کمر مینا بر اثر برف‌روبی درد می‌گرفت و انگشتانش با وجود دستکش‌های کلفتی که به دست می‌کرد، یخ می‌کرد. بسیاری از روزها در حین کار کردن گریه می‌کرد و بر بخت بد خود لعنت می‌فرستاد.

در همان روزها بود که ملینا به‌شدت سرما خورد. مینا مجبور شد چند روز در خانه بماند و از او نگهداری کند. ملینا تب شدیدی داشت و مینا تا صبح بالای سرش نشست و اشک ریخت. ملینا در هذیان تب اسم پدرش را می‌آورد و دلش می‌خواست او را ببیند. قلب مینا از شنیدن این جملات هزار تکه می‌شد.

مینا به مشتریانش زنگ زد و بابت اینکه نمی‌تواند کار کند معذرت‌خواهی و ابراز تأسف کرد، اما آن‌ها آن‌قدر مهربان و دلسوز بودند که از مینا خواستند فقط از دختر بیمارش نگهداری کند و اصلاً نگران چیز دیگری نباشد. کاش در دنیا تعداد این آدم‌ها بیشتر بود، آن‌وقت دنیا جای بهتری می‌شد.

مینا یک بار به بیمارستانی که مهران در آن بستری بود زنگ زد. می‌خواست با او صحبت کند و بگوید که ملینا بیمار و دلتنگ پدرش است، اما مهران به‌محض شنیدن صدای او گوشی را قطع کرد.

مینا می‌خواست از مهران بپرسد که آیا ملینا اجازه دارد او را ببیند یا نه. اول به دلیل بیماری‌اش و دوم اینکه کریسمس نزدیک بود و این طفل بی‌گناه کسی دیگر را در این شهر بزرگ نداشت.

مینا که تماس مستقیم با مهران را غیرممکن دید، با مددکار اجتماعی بخش تماس گرفت و تقاضای کمک کرد. او قول داد که با مهران صحبت کند شاید بتواند او را راضی کند که ملینا را ببیند.

مینا بارها از خود پرسید در رگ‌های این آدم و طایفه‌اش چه خونی جاری است. حالا که دیگر حال مهران بهتر شده بود، پس چرا مثل پدرهای دیگر دلتنگ و نگران تنها فرزندش نیست؟

مینا به خاطر آورد که مهران چگونه یک بار ملینا را با سنگدلی کتک زد، اما از کارش زیاد پشیمان هم نشد. تعداد دفعاتی که مهران مینا را زده بود بی‌شمار و تعداد دفعاتی که از او عذرخواهی کرده بود، انگشت‌شمار بود. پس او درحقیقت آدمی به‌تمام معنا سنگدل بود.

شب کریسمس فرا رسید و مینا با هر چه در توان داشت چند هدیه برای دخترش خرید و زیر درخت کریسمس گذاشت. برای هر دوشان میز چید و غذای مخصوص شب کریسمس را درست کرد. بعد از شام ملینا کادوهایش را باز کرد. سپس دوتایی درحالی‌که کلاه قرمز پاپانوئل را به سر گذاشته بودند دور درخت کاج کوچک تزیین‌شده رقصیدند. در آن لحظه با خود اندیشید که احتمال زیاد این آخرین کریسمسی است که او و دخترش در این خانه به سر می‌برند. از فکر اینکه سال بعد چه اتفاقی می‌افتاد و شب کریسمس را کجا هستند ناگهان دچار وحشت شد و چشمش سیاهی رفت. از ترس اینکه روی درخت سقوط کند مجبور شد روی زمین بنشیند تا حالش جا بیاید و ملینا تنهایی به رقصیدن دور درخت ادامه داد. چه عالم شیرینی است این عالم کودکی با لبخند به رقص و شادی دختر زیبا و دلبندش می‌نگریست، درحالی‌که هم‌زمان تمام وجودش مملو از ترس و وحشت از تنهایی و آینده‌ای نامعلوم بود.

بیشتر همسایه‌هایشان در منزل نبودند و آن‌هایی هم که در خانه بودند با اقوامشان جشن مفصل کریسمس داشتند. فقط مینا و ملینا بودند که بی‌کس و تنها برای خودشان کریسمس گرفته بودند.

بی‌کسی و غربت این مادر و دختر تنها آن‌قدر غم‌انگیز و دردناک بود که دل‌سنگ را کباب می‌کرد. بی‌گمان فرشتگان آسمان هم در آن شب برای این دو موجود زمینی اشک می‌ریختند.

قبل از کریسمس مینا برای مهران کارتی به این مضمون فرستاد:

«مهران عزیزم کریسمس و سال نو را تبریک می‌گویم. می‌دانم که باور این جمله برایت سخت است، اما بدان که من از صمیم قلب و با اعماق وجود از تمامی این اتفاقات بسیار تلخ بی‌نهایت متأسفم. با تمامی ذرات وجودم آرزو دارم که می‌توانستم زمان را به عقب ببرم تا راهی دیگر برای بستری شدنت انتخاب کنم، اما افسوس من که ماه‌ها برای تحت معالجه قرار گرفتن تو بی‌ثمر تلاش کرده بودم، خسته از تلاش بیهوده بدترین راه ممکن را برگزیدم تا تو را که از بیماری خود ناآگاه بودی بهبودی بخشم. امیدوارم روزی بتوانی من را ببخشی و بفهمی که به دست آوردن سلامتی تو و مصون نگه‌داشتنت از خطراتی که در کمینت بود تنها انگیزه و قصد من بود.»

مینا مطمئن بود که مهران با دیدن دست‌خطش نامه را نخوانده پاره می‌کند و در سطل آشغال می‌ریزد، اما بااین‌حال صمیمانه از مهران عذرخواهی کرده بود. اما آیا مهران نیز روزی از او طلب بخشش خواهد کرد؟ مسلماً هرگز! چون او در تمامی بازجویی‌ها و حتی در دادگاه ادعا کرده بود که هیچ‌وقت دست روی مینا بلند نکرده است.

فصل پانزدهم

سال نو میلادی آغاز شد مینا از طریق تماس مکرر بـا مـددکار اجتمـاعی آنقـدر سماجت کرد تا بالاخره مهران راضی به ملاقات با ملینا شد.

قرار شد مینا با ملینا به بیمارستان برود. حمید خان قبـول زحمـت کـرده و وقـت ملاقات گرفته بود و اجازه داشت تا ملینا را با خودش به قسمتی بـبـرد کـه مهـران در آنجا بستری بود.

ملینا می‌دانست که پدرش مریضی سختی داشته و مدت‌هاست که در بیمارستان بستری است، اما بچه‌تر از آن بود که بفهمد آنجا بیمارستان روان‌پزشکی است.

مینا یک ساعتی در اتاق انتظار نشست و روزنامـه خوانـد تـا اینکـه بـالاخره وقت ملاقات به پایان رسید و ملینا خندان و خوشحال از پله‌ها پایین آمـد و خـودش را در آغوش مینا انداخت. از دیدن پدرش بسیار ذوق‌زده شده بود و مدام می‌خندید. برای مینا تعریف کرد که مهران حالش خوب بود و کلی با هم بازی کرده‌اند. بعـد هم از مینا پرسید: «حالا که پاپا حالش خوبه چرا پـس اینجـا مونـده و پـیش مـا نمیاد؟»

مینا از این سؤال دلش گرفت. چطور می‌توانست به این طفل معصـوم بگویـد کـه شاید آن‌ها دیگر هرگز با هم زندگی نکنند.

او از چندین ماه قبل تصمیمش را گرفته بود، اما صبر کرده بود؛ چـون می‌دانسـت ملینا خیلی دلش می‌خواهد پدرش را ببیند. حالا که ملاقات انجام شده بود دیگـر صبر جایز نبود. مینا فردای آن روز تقاضای طلاقش را به دادگـاه پسـت کـرد و در تقاضایش حضانت کامل فرزندش را خواستار شده بود.

با شناختی که از مهران داشت، می‌دانست که اگر تقاضای طلاق با پست به دست مهران برسد دیگر تن به ملاقات با ملینا نمی‌دهد و مثل همیشه کاسه و کوزه‌ها بر سر این بچهٔ بی‌گناه می‌شکند.

حالا که دیگر مهران نه می‌خواست مینا را ببیند و نه حتی با او حرف بزند چه دلیلی برای ماندن بود؟ با خودش فکر کرد که این کار را باید خیلی زودتر انجام می‌داد، درست همان روزی که در چمدان مهران را باز کرد و قرص‌ها را دید باید وسایلش را جمع می‌کرد و می‌رفت.

با ماندنش هم خودش را و هم مهران را زجر داد. راستی اگر او رفته بود چه اتفاقی برای مهران میفتاد؟ به‌هرحال هر اتفاقی که افتاده بود، دیگر پای مینا وسط نبود و کارش به شکایت و دادگاه و پلیس نمی‌کشید.

ماه بعد با دادگاه تماس گرفت تا بپرسد که آیا مهران زیر نامهٔ جدایی را امضا کرده یا نه. در آنجا شنید که مهران نامه را امضا کرده، اما چون آن‌ها بچهٔ زیر هجده سال داشتند، طبق قانون طلاق در سوئد، دادگاه شش ماه به آن‌ها فرصت می‌دهد و بعد از آن اگر هنوز پشیمان نشده بودند، حکم طلاق صادر می‌شود.

طبق محاسبات مینا تابستان حکم طلاق صادر می‌شد و زندگی جدید و آرام تری در انتظارش بود. شاید این اتفاق باید سال‌ها قبل می‌افتاد. فقط کافی بود که مینا کمتر برای مهران دلسوزی می‌کرد و او را زودتر رها می‌کرد.

به یاد آورد که وقتی تازه‌عروس بود، سه روز بعد از آمدن به خانهٔ مهران، از او کتک خورد فقط به این دلیل که گفته بود دوست دارد در اینجا ادامهٔ تحصیل بدهد و کار کند. همان موقع مهران که از بیماری خود مطلع بود، این حرف مینا را تهدیدی جدی قلمداد کرده بود و می‌دانست که اگر مینا استقلال مالی پیدا کند زیاد پیش او نخواهد ماند.

او به‌خوبی از قبل برنامه‌ریزی کرده بود که با ممانعت از ادامه تحصیل و کار کردن مینا امکان رفتنش را محدود کند تا به این ترتیب شانس بیشتری برای زندانی کردنش در قفس داشته باشد.

یک ماه به عید نوروز مانده بود. مینا به خاطر آورد که همهٔ این بدبختی‌ها از سال قبل همین حوالی عید شروع شد که مهران برنامه‌ریزی کرد تا به آمریکا برود. مینا باید حدس می‌زد که مهران حتماً از این سفر هدفی دارد.

از همان روز پایهٔ بدبختی و فروپاشی این زندگی ریخته شد و مهران که به خیال خودش می‌خواست با مصرف دارویی جدید سلامتی‌اش را به دست آورد، مریض‌تر شد و زندگی را به باد داد.

بهر حال اتفاقی بود که افتاده بود و به قول معروف آب ریخته را نمی‌توان به جوی برگرداند. این اتفاقات با همه تلخی‌ها مینا را قوی کرده بود. او حالا دیگر کاملاً مستقل شده بود و زندگی خودش و دخترش را اداره می‌کرد بدون اینکه دستش را جلوی کسی دراز کند یا از کسی کمک بخواهد. مینا در قلبش احساس رضایت می‌کرد، ولی ای‌کاش که این اعتمادبه‌نفس را خیلی زودتر از این‌ها پیدا کرده بود و هرگز اجازهٔ این‌همه تحقیر و توهین را به مهران نداده بود.

به‌راستی این چه تربیت غلطی بود؛ کودکان هم‌نسل مینا از مادر و پدرشان کتک می‌خوردند تا به‌اصطلاح تربیت شوند، اما در عین کتک خوردن، باید به آن‌ها احترام می‌گذاشتند و سکوت می‌کردند.

دختری که از پدرش کتک می‌خورد، اگر بعدها از شوهرش هم کتک بخورد، سکوت می‌کند؛ چون فکر می‌کند کار بدی کرده یا حرف بدی زده و لایق تنبیه است، درحالی‌که هیچ انسانی حق تنبیه کردن دیگری را ندارد.

مهران یکبار ملینا را نیز ناجوانمردانه کتک زده بود. مینا آرزو می‌کرد که ملینا از این اتفاق چیزی به خاطر نداشته باشد، واگرنه این خاطره تا آخر عمر زجرش

می‌دهد. به‌علاوه تصور می‌کند که چون کار بدی کرده بوده، این حق مسلم پدرش بوده که او را تنبیه بکند.

ملینای معصوم به‌اندازهٔ کافی در این خانه زجرکشیده و شاهد کتک خوردن‌های مادرش بود. جایز نبود که بیشتر از این سختی بکشد. مینا حالا واقعاً تصمیمش را گرفته بود که زندگی آرام و بدون مشاجره‌ای برای خود و دخترش فراهم کند. لازمهٔ رسیدن به این هدف کار سخت، قوی بودن و انضباط بود که او همه را داشت. برای اولین بار در زندگی به خودش بالید.

فصل شانزدهم

نوروزی دیگر فرا رسید. مینا به یاد آورد حدود یک سال است که در تنهایی گریسته و خوشی و شادی در زندگی‌اش نبوده، فقط کار و کار ...

هفتهٔ قبل از عید بود که حمید خان زنگ زد و از مینا خواست که اگر ممکن است دنبال ملینا بیاید و او را در تعطیلات آخر هفته به خانهٔ خودشان ببرد؛ چون

مادر و خواهر و برادر مهران برای عید به استکهلم آمـده بودنـد. مهران هـم کـه خیلی بهتر شده بود، از بیمارستان مرخصی گرفته بود تـا بـه خانـهٔ خالـه بیایـد و موقع تحویل سال همگی دور هم باشند.

مسلماً او هیچ‌گونه مخالفتی با این کار نداشت؛ چون برای او عید و تعطیلی وجـود نداشت و مثل همیشه، هر روز کار می‌کرد. اما تمام روز در این فکـر بـود کـه چـه شده خانوادهٔ مهران یک بار دلشان برای نوه‌شان تنگ شد و اصلاً یادشان آمده کـه نوه‌ای هم دارند. مسئلهٔ بعدی اینکه برای چه همگی به سوئد آمده بودند؟

این سفر خیلی عجیب به نظر می‌رسید و حس ششم مینا به او می‌گفت کـه ایـن مسافرت فقط برای عید و دور هم بودن و ملاقات مهران نمی‌تواند باشد. باید دلیل دیگری برای این گردهمایی خانوادگی باشد که مادر مهران با آن سن زیادش کـه به‌سختی راه می‌رفت به سوئد آمده بود.

مینا به خاطر آورد که سال‌ها پیش، وقتی مهران خانه را خریده بود، تماس تلفنـی زیادی با ایران و آمریکا داشت و پول بین خودشان رد و بدل مـی‌کردنـد. ظاهراً بـه دلیل نظام مالیاتی سوئد که افراد مالیات‌های بسیار سنگینی بـر درآمدشـان مـی - پردازند، پول‌های مهران در بانک‌های خارج از کشور بود.

مینا تمام روز درحالی‌که کار می‌کرد به این سفر خانوادگی فکر کرد. حتی بـه یـاد آورده بود در طول زندگی مشترکش با مهران او چند بار بـه مینـا گفتـه بـود کـه برای خرید خانه از خانواده‌اش پول قرض کرده بود.

روزی که سال تحویل می‌شد حمید خان ملینا را به خانه‌شان برد. در آنجا همگی با هم غذا خورده بودند و به مینا عیدی و سوغاتی هم داده بودنـد. شـب ملینـا بـا دست پر به خانه آمد و بسیار خوشحال بود.

پس از مدت‌ها تنهایی و زیستن با مادری که مدام یا کار می‌کرد یا گریه، حـالا بـه مهمانی شام مفصل شب عید نوروز دعوت شده بود، اما طفلک ملینا خبر نداشت

که خانوادهٔ پدری بهظاهر مهربانش مشغول طراحی چـه نقشـهٔ شـومی بـرای او و مادر تنها و زحمتکشش هستند.

یک ماه از عید گذشت. یک روز کـه مینـا بعـدازظهر بـه خانـه آمـد و طبـق روال معمول نامهها را از صندوق پستی جلوی خانه خالی کرد. ناگهان از دیـدن نامـهای از یک دفتر حقوقی نگران شد و به دلشوره افتاد. با خـودش فکـر کـرد ایـن چـه میتواند باشد؟

نامه را باز کرد و در وحشت کامل خواند. ملینا که متوجه رنگپریدگی مینا شده بود، کنارش ایستاده بود و با تعجب به مادرش نگاه میکرد.

مینا نامه را در سکوت خواند. مضمون نامه از این قرار بود:

«مهران سالها قبل برای خرید خانهای که هماکنـون مینـا حـدود یـک سـال بـا دخترش تنها در آن زندگی کرده از مادر و برادرش قرض کـرده بـوده اسـت. طـی این سالها مینا خانهدار بوده و هیچ درآمـدی نداشـته و تمـام صورتحسـابها از طریق مهران پرداخت شده است. در حال حاضر، او قـادر بـه بازپرداخت ایـن وام نیست و هیچ قسطی یا بهرهای برای این وام بازپرداخت نشده است.»

طبق محاسبات وکیل، مهران هیچ دارایی خاصی نداشت که با مینا تقسیم کنـد و تا خرخره در قرض بود.

از این طریق برای مینا مسلم کرده بودند که ملک و پولی در کار نیست کـه مینـا نصفش را بعد از طلاق سوئدی مالک شود. حالا مینا واقعاً نمیدانست که چه بایـد میکرد. ظاهراً فقط باید ملینا را برمیداشت، وسایلش را در ماشـین مـیریخـت و میرفت. این طایفهٔ سنگدل به نوهٔ خود نیز احساسی نداشتند و اصلاً برایشان هیچ مهم نبود که این دختربچه سقفی بالای سرش یا جایی برای زندگی داشته باشد.

مینا برای مشاوره با وکیلی تماس گرفت. وکیل برایش توضیح داد که او به خـاطر فرزند خردسالش میتواند از دادگاه تقاضای حق ماندن در خانه بکنـد و تـا زمـانی

که طلاق انجام شود و مال و اموال بینشان قسمت شود در آن خانه زندگی کند. اما در مورد نامه‌های قرضی مطمئن نبود که بتواند به مینا کمک کند تا تقلبی بودنشان را ثابت کند؛ زیرا نقل و انتقالات حساب‌های بانکی در خارج از کشور انجام شده بود.

او به‌خوبی می‌دانست که هزینهٔ وکیل در سوئد سرسام‌آور است. اگر می‌خواست کار را به دادگاه بکشاند و در آنجا بازنده می‌شد، تمام هزینه‌های طرف مقابل و دادگاه را هم باید او پرداخت می‌کرد.

حالا که این مادرتنها و بیچاره داشت خودش را خلاص می‌کرد در مشکل دیگری اسیر شده بود. به‌راستی او باید کجا می‌رفت و چه می‌کرد؟

مهران وقتی در زندان افتاد صد نفر دلسوز دور و بر خودش داشت. این طرف خاله جان و خانواده‌اش و از طرفی دیگر مادر و خواهرش در ایران و برادرش در آمریکا ... اما مینا چه کسی را داشت؟ هیچ‌کس تنها او بود با یک بچه کوچک و کوهی از مسئولیت روی دوشش.

برای دریافت یک آپارتمان اجاره‌ای در استکهلم باید سال‌ها در صف می‌ماند. خرید آپارتمان هم بسیار گران بود و مینا استطاعتش را نداشت. از طرفی ملینا به مدرسه‌ای می‌رفت که نزدیک خانه‌شان بود و دوستانش همه در نزدیکی آن‌ها زندگی می‌کردند.

انتقال دادن ملینا به مدرسه‌ای جدید باعث می‌شد او و تماشش را با بچه‌هایی که از مهد کودک با هم دوست بودند از دست بدهد. این اتفاق ضربهٔ جدیدی به روحیه این بچه وارد می‌کرد، درحالی‌که از قبل هم به‌اندازه کافی صدمه خورده بود. داشتن پدری بیمار که از یک سال قبل به‌یک‌باره ناپدید شد و در این مدت ملینا فقط دو سه بار او را دیده بود. آیا این‌همه برای این بچه بس نبود که حالا باید متحمل زجر و سختی دیگری می‌شد و از این محله و مدرسه هم می‌رفت.

به‌راستی این چه پدر بی‌عاطفه‌ای بود که پول را به آسایش و آرامش تنها فرزندی که داشت ترجیح می‌داد این مرد چه تربیتی داشت؟

باز شب بیداری‌های مینا شروع شــد و اضـطراب و انــدوه بزرگـی وجـودش را فـرا گرفت. اگر می‌خواست در این زندگی باقی بماند که با وجـود همسری بیمار بـاز همان آش و همان کاسه بود و اگر می‌خواست بـرود، هـزار مشـکل دیگـر داشـت. به‌راستی چه باید می‌کرد؟

از وقتی که مهران را به چنگ قانون انداخته بود مورد تنفر شدید او و خـانواده‌اش قرار گرفته بود و حالا داشتند از طریق بیرون کردن مینا انتقام می‌گرفتند. او بایـد باید با دست خالی فقط دخترش را برمی‌داشت و از آن خانه می‌رفت.

انگار زندگی همیشه باید به او سخت می‌گرفت. به یاد آورد از ده سال قبل که بـه سوئد نقل مکان کرده بود تقریباً رنگ آرامش به خود ندیده بـود. مسلماً لحظـات شیرینی در زندگی‌اش با مهران داشت؛ مثلاً وقتی بچه‌دار شدند، خانه خریدند. بـه مسافرت می‌رفتند و جشن‌های تولد ملینا، اما به‌طور مداوم از مهـران و بیمـاری و خشونت و حسودی‌اش زجرکشیده بود.

این یک سال اخیر هم که مدام اشک و گریه و کار و بی‌کسی بود و حـالا هـم کـه نگران مسکن شده بود.

به بانکی مراجعه کرد و تقاضای وام مسکن داد، اما با توجه به تنها بودنش بانک‌ها راضی به پرداخت وام نمی‌شدند. درست بود که او کار و درآمد داشـت، امـا وقتـی کارکنان بانک امتیازاتش را محاسبه می‌کردند، اگر وام می‌گرفت در آخر مـاه کـه قسط خانه را پرداخت می‌کرد پول زیادی برای او باقی نمی‌ماند.

تنها راه چاره تقاضای وام از بانک‌هـایی بـود کـه بهـره بیشـتری می‌گرفتنـد، امـا سیستم محاسباتی سبک‌تری داشتند. طبق شمارش آن‌ها مینا می‌توانسـت بـرای

خرید آپارتمانی کوچک و دو اتاقه وام مسکن بگیرد، اما با بهرهٔ ایـن وام‌هـا بسـیار زیاد بود.

تابستان داشت نزدیک می‌شد و طبق معمول همه در تدارک مسافرت بودند، به‌جز مینا که امسال باید به فکر تهیهٔ خانه و مسکن بود.

حکم طلاق به‌زودی صادر می‌شد. مینا از دادگاه درخواست حضانت ملینا را کـرده بود که مهران بدون هیچ شک و تردیدی امضا کرده بود.

وقتی موضوع بچه در میان بود هیچ دعوایی نشد، اما برای اموال و خانهٔ لعنتـی‌اش می‌جنگید و وکیل گرفته بود. مینا دیگر با شناختی که از مهران و خانواده‌اش پیدا کرده بود، به‌هیچ‌وجه از این مسائل حیرت نمی‌کرد. واقعاً چه شانس بدی داشت و با کمال تأسف می‌شد که واژهٔ نفرت‌انگیز را برای توصیف این خانواده به کـار بـرد. بی‌شک و گمان او یک زن سیاه‌بخت بود.

فصل هفدهم

مینا پس از مدتی تلاش و دوندگی بالاخره موفق شد از بانکی وام مسکن بگیرد، اما با بهره‌ای سرسام‌آور و بعد از آن بود که توانست آپارتمانی کوچک و دو اتاقه برای خودشان نزدیک مدرسه ملینا بخرد.

این اتفاق هم خوب بود و هم بد، از طرفی آپارتمان قدیمی بود و احتیاج به بازسازی داشت و هزینه ماهیانه‌اش با قسط بانک خیلی سنگین می‌شد اما از طرف دیگر هر چی که بود مال خودشان بود و دیگر زیر بار منت کسی نبودند.

ملینا از شنیدن این خبر نه‌تنها خوشحال نشد، کلی هم گریه کرد؛ چون از ته دل از زندگی کردن با مادری تنها در آپارتمانی کوچک خجالت می‌کشید.

دوستان همکلاسی‌اش در ویلاهای بزرگ زندگی می‌کردند، اما او حالا مجبور بود علاوه بر داشتن مادری مجرد که از طریق کوتاه کردن مو و باغبانی برای میان‌سالان پول درمی‌آورد به آپارتمانی کوچک دو اتاقه هم نقل مکان کند.

ملینا ساعت‌ها گریه کرد و سر مینا داد کشید. قلب مینا به درد آمد. برای لحظه‌ای فکر کرد که آیا واقعاً کار درستی کرده بود. جدا شدن از مهران کارشان

را به اینجا کشانده بود. آیا بهتر نبود با مهران می‌ساخت و به خاطر ملینا هم کـه شده با او زندگی می‌کرد.

به یاد آورد این دقیقاً همین کاری بود که او سال‌ها کرده بود. بـه خـاطر آسایش مالی ملینا با مهران ساخته بود، اما از طرف دیگر چقدر ملینا شاهد دعـوا و کتـک خوردن مادرش شده بود.

به‌زودی طلاق سوئدی اجرا می‌شد. مینا از طریق تماسی که با حمید خان داشت مطلع شده بود که مهران خیلی خیلـی آرام‌تـر و بهتـر شـده اسـت و حـق دارد از بیمارستان خارج شود. گاهی هم به منزل خاله‌اش می‌رود، اما هنوز هم مثل سابق به‌شدت از مینا متنفر است و نمی‌خواهد او را ببیند.

مینای ساده‌دل به حمید خان گفته بود که آپارتمان خریده و در چه تاریخی حـق دارد به آن نقل مکان کند. این یکی از اشتباهات بزرگی بود که مینا مرتکب شـده بود. او باید می‌فهمید که پس از این اتفاقات هیچ‌کدام از آن‌ها طرف مینا نبودنـد. هیچ‌کس نه حالی از او پرسیده بود و نه اهمیت داده بود که خـرج و مخـارجش را چطور در می‌آورد. اصلاً برایشان هیچ مهم نبود که پس از جدایی چه بر سر ملینا می‌آید. پس نباید به این مرد هـم کـه شـوهرخالۀ شـوهر سـابقش بـود اطمینـان می‌کرد، اما از طرفی کس دیگری هم نبود و او تنها رابط بین مینا و مهران شـده بود.

تابستان رسید. حالا درست یک سال از آن حادثۀ وحشـتناک گذشـته بـود. مینـا عادت داشت آن شب را شب بی‌سحر بنامد؛ چون از نظر او بعـد از آن شـب دیگـر سپیده نزد و قسمتی از قلب و روحش مرد، درست مثل گلی که خشک می‌شود و دیگر هرگز دوباره شاداب نمی‌شود.

آن شب یکی از سخت‌ترین و تاریک‌ترین شب‌های عمر مینا بود، اما تصور مـی- کرد به‌زودی ملینا را برمی‌دارد و بـه خانـۀ خـودش مـی‌رود و زنـدگی سـاده، امـا

راحت‌تری خواهند داشت. طفلک مینا خبر نداشت که مهران و بقیه اعضای خانواده‌اش در پشت پرده مشغول تدارک و برنامه‌ریزی توطئه شوم دیگری هستند.

مینا کم‌کم وسایلش را جمع می‌کرد و بعضی چیزها را در اتاق ملینا و مقداری را هم در انباری جلو خانه گذاشته بود. آدرسش را عوض کرده بود و کلید خانهٔ جدید را هم گرفته بود. صبح ملینا را به مدرسه گذاشت و بعد از آن سر کار رفت. با این‌همه قسط و قرضی که بالا آورده بود تنبلی و بیکاری جایز نبود.

قرار بود بعد از کارش ساعت پنج بعدازظهر یک شرکت حمل‌ونقل به مینا کمک کند تا تخت و وسایل بزرگ را برایش به خانه جدید منتقل کنند.

یک روز بسیار گرم اوایل تابستان بود. ساعت حدود دوازده ظهر بود و مینا مشغول کار کردن در حیاط یکی از مشتری‌هایش بود. خیال داشت برایش گل بکارد. باغچه را تمیز کرد و به طرف گلخانه رفت که پیامکی برایش آمد.

ابتدا فکر کرد که اشتباه می‌بیند، اما خوب که نگاه کرد دید از تلفن مهران است او نوشته بود:

«من قفل خانه را عوض کردم و کلیدهای تو دیگر بی‌اعتبار است. مقداری وسایل ملینا و چیزهایی که می‌دانستم مال خودت است در چند کیسه بزرگ پلاستیکی در انباری جلو منزل گذاشتم که کلیدش را داری بیا وسایلت را ببر.»

قلب مینا در سینه فرو ریخت، انگار آبی سرد روی سرش ریختند. چشمانش را بست. قلبش به‌تندی می‌زد و نفسش بند آمده بود. چند بار متوالی پیغام را خواند تا اینکه توانست جمله‌ها را در ذهنش بسپارد و این اتفاق را باور کند.

پس که این‌طور! به‌محض اینکه صبح مینا خانه را ترک کرده بوده، مهران با حمید خان یا کس دیگری آمده و وسایلش را جمع کرده بود. بعد هم قفل در را عوض کرده بودند.

چهار ساعت پیش مینا خانه را ترک کرده بود و این‌همه ساعت بـرای انجـام ایـن کارها کاملاً کافی بود. ناگهان مینا درد شدیدی در قفسۀ سینه‌اش احسـاس کـرد، سرش گیج رفته و لحظه‌ای بعد در حیاط خانه مشـتری‌اش از حـال رفـت و روی چمن‌ها افتاد.

فصل هجدهم

باز هم یک روز بسیار تلخ، دردناک و فراموش‌نشدنی دیگـر در زنـدگی مینـا رقـم خورده بود. مینا درحالی‌که در حیاط مشتری‌اش مشغول کار باغبانی بـود از حـال رفت. مشتری مهربانش که از پشت پنجره آشـپزخانه شـاهد سـقوطش شـده بـود هراسان به حیاط آمد و فریاد کشید: «مینا! مینا!»

مینا قدرت حرکت نداشت. بیدار بود، اما هیچ رمقی در خود احسـاس نمی‌کـرد و قادر نبود از زمین بلند شود. پاهایش و همچنین مغزش از کار افتاده بودند.

مشتری مینا که خـانم سـالمند بازنشسـته‌ای بـود، بـه اورژانـس زنـگ زد. وقتـی آمبولانس رسید، پرستارها اول فکر کردند که از گرما بیهوش شـده، امـا مینـا بـه پرستاران آمبولانس گفت که فشار شدیدی روی قلبش احسـاس می‌کند و خـودش فکر کرده بود که سکته کرده است. بـه‌سـرعت او را در آمبـولانس گذاشـتند و بـه سوی بیمارستان حرکت کردند.

مینا در آمبولانس اشک می‌ریخت و مرتب با دادن آدرس مدرسۀ ملینا بـه مـرد جوانی که پرستار آمبولانس بود خواهش می‌کرد که به دخترش کمک کند. ملینـا در مرکز تفریحات تابستانی مدرسه‌اش بود، اما مدرسه تا ساعت شش بیشـتر بـاز نبود و کسی باید دنبال ملینا می‌رفت.

مسئولان آمبولانس وقتی مینا را به اورژانس سپردند به پرسـتارانی کـه در بخـش پذیرش بودند اطلاع دادند فرزند او در مدرسه است و کسـی بایـد دنبـالش بـرود.

آن‌ها سریع با ادارۀ خدمات اجتماعی منطقه تماس گرفتند و قرار شد اگـر مینا از بیمارستان مرخص نشد دو نفر مددکار اجتماعی به دنبال ملینا بروند.

معاینات پزشکی و نوار قلبی مینا نشان داد که او سکته نکرده بود، بلکـه از حملـۀ عصبی و اضطراب شدید ناگهانی از پا در آمده بود.

او مرتب اشک می‌ریخت و از همه می‌خواست به دخترش کمک کنند؛ چون تنهـا بود و غیر از مینا کسی را نداشت. البته پدری بی‌عاطفه هم داشت که صبح همـان روز رسماً مینا و ملینا را از خانه بیرون کرده بود. مسلماً لزومـی نداشت مینا بـه پرستاران تلفن مهران را بدهد تا برای نجات ملینا بیاید؛ چون همـین پـدر نـامرد این بچه بود که این مادر تنها و بی‌کس را به این روز انداخته بود.

مینا به بخش عادی منتقل شد تا اسـتراحت کنـد. بـه او خبـر دادنـد کـه دو نفـر مددکار ملینا را از مدرسه تحویل گرفته و بـه مرکـز نگهـداری موقـت از کودکـان بی‌سرپرست برده‌اند. ملینا از مریضی مادرش مطلع شده بوده، اما بـا فهمـی کـه از بچه‌ای شش‌ساله عجیب بوده، صبوری نشان داده بود.

مینا هر جور که بود با زحمت بسیار تلفنی قرار اسباب‌کشی ساعت پنج را کنسـل کرد واگرنه مجبور به پرداخت جریمه می‌شد. حالا خوب می‌دانست که حق نـدارد از آن خانه مبل و اثاث با خودش ببرد چون مثل همیشه مهـران بـا پـول خـودش همه را پرداخت کرده بود و برای همین هم طبق نقشه‌ای حساب‌شده از نبود مینا استفاده کرده و در لحظۀ آخر قفل را عوض کرده بود.

اول با جعل نامۀ قرضی حق و حقوقش را پایمال کرد و بعد هـم از خانـه بیرونـش انداخت. حتی به فرزند خود نیز رحم نکرد. درحالی‌که مینـا حـدود ده سـال بـا او زندگی کرده و با بیماری‌اش ساخته بود. به‌طورقطع شوهری از این بـدجنس‌تر در دنیا نمی‌شد پیدا کرد.

مینا مرتب گریه می‌کرد و نگران دخترش بود. پرستارها سعی می‌کردند آرامش کنند، اما فایده‌ای نداشت. در آخر با بخش روانی تماس گرفتند و خواستار ملاقات یک روانکاو با مینا شدند.

دکتر قبل از اینکه به بخش بیاید و مینا را ملاقات کند، پروندهٔ پزشکی مینا را خواند و متوجه شد که سال قبل مینا دچار افسردگی و عذاب وجدان شده بوده و علت آن را نیز در پرونده خواند. اینکه او شوهری روانی داشت که از رفتن به بیمارستان خودداری می‌کرد، در خانه مانده بود و او را کتک می‌زد تا اینکه شبی که مینا طاقتش تمام می‌شود و به پلیس زنگ می‌زند. شوهر بیمار به حکم دادگاه متهم و محکوم به درمان تحت نظر روان‌پزشک قانونی شده بود.

آن‌قدر این گزارش دلخراش بود که حتی دکترهم دلش به درد آمد. حالا هم این شوهر روانی برای اینکه مینا از خانه‌اش اثاثی نبرد صبح همان روزی که او را به اورژانس آورده بودند قفل در را عوض کرده و مینا را به اینجا کشانده بود.

این دیگر ضربهٔ آخر بود. مینا دیگر بیشتر از این از شوهرش ضربه‌ای نخواهد خورد، فقط کافی بود تا سر پا شود و اقتصاد خانه را مدیریت کند. دکتر روانکاو به ملاقات مینا آمد. با اینکه عادت داشت در شغلش با این نوع آدم‌ها زیاد مواجه شود، زنی که هم‌اکنون می‌دید بی‌شک یکی از تنهاترین، بدبخت‌ترین، زجرکشیده‌ترین و غمگین‌ترین آدم‌هایی بود که تابه‌حال ملاقات کرده بود. زنی که در مقابل چشمانش مثل ابر بهاری اشک می‌ریخت و از بلاهایی که شوهرش به سرش آورده بود می‌گفت. از تنهایی و بی‌کسی و آن‌همه سخت کار کردن در این یک سال، از نامردی شوهر سابق و از بی‌رحمی روزگار ناساز.

دکتر دستور داد به مینا قرص آرام‌بخش ضعیفی بدهند تا بخوابد و ساعتی بعد مینا در خواب فرو رفت.

در خواب عمیقش ملینا را دید که تنها در یتیم‌خانه نشسته بود و غمگین به نظر می‌رسید. مهران را دید که در خیابان با مشت توی سرش می‌زند. دید که شیشه پنجرهٔ در ورودی خانه‌شان شکست و هزارتکه شده و توی صورتش می‌پاشید ... ناگهان مینا فریاد کشید و از خواب پرید.

دکتر بخش دستور داد تا او را به بخش دیگری ببرند؛ چون با داد و فریادش مزاحم بیماران دیگر شده بود. مینا را روی برانکارد گذاشتند و به بخش جدید بردند. او از دیدن کریدور این بخش که آدم‌های بیمار در آن با قیافه‌های ژولیده و حرکاتی عجیب‌وغریب راه می‌رفتند، به خاطر آورد که اینجا را قبلاً دیده است.

این درست همان بخشی بود که سال‌ها قبل که مینا تازه به سوئد آمده بود مهران را به اینجا آورده بودند، بعد از همان شبی که او به خانه نیامد در آن لحظه بود که تازه مینا فهمید کجاست.

همان‌طور که روی برانکار خوابیده بود، دست برد و پتویی را که رویش انداخته بودند بلند کرد که با آن صورت خود را بپوشاند تا کسی اشک‌های او را نبیند.

فصل نوزدهم

مینا چند روز در بیمارستان بستری شد. در این چند روز مدام دلـش بـرای ملینـا شور می‌زد. هر روز به او زنگ می‌زد و مدتی طولانی بـا دخترش حـرف مـی‌زد و قربان صدقه‌اش می‌رفت.

خوشبختانه ترم تحصیلی تمام شده بود. فقط مرکـز تفریحـی مدرسـه بـاز بـود و لزومی نداشت هر روز کسی ملینا را بـه مدرسـه بـبـرد و بیـاورد. او می‌توانسـت در همانجایی که بود بماند تا مینا از بیمارستان مرخص شود.

ملینا مرتب از مادرش می‌خواست تا قول بدهد که دیگر هرگز مریض نشـود و بـه بیمارستان نرود و برای همیشه پیش او باشد. دلتنگـی مـی‌کـرد و مـی‌خواسـت بـه خانه بیاید و مینا بیشتر دلش خون می‌شد. به فکر فـرو مـی‌رفت کـه حـالا ایـن آپارتمان خالی را با چه پر کند؟

ملینا حتی تخت هم نداشت که شب روی آن بخوابد. یادش آمد که مهران چنـد کیسه پر کرده بود و در انباری برایشان گذاشته بود، واقعاً که چقـدر مهربـان بـود این شوهر سابق و این پدر بچه!

مینا برای کارش هم نگران بود. غصۀ قسطهای خانه را هم که از ایـن مـاه شـروع می‌شد، در دل داشت. در حقیقت به همه‌چیز فکر می‌کرد غیر از خودش.

روز بعد مددکار اجتماعی بیمارستان به دیدنش آمد. مینا یک سـاعت حـرف زد و گریه کرد. مددکار شماره تلفن مهران را گرفت و قول داد که بـا او تمـاس بگیـرد. شاید حالا که مهران آزاد بود، از شنیدن اینکه مینـا بسـتری شـده و دخـتـرش در یک کانون سرپرستی از اطفال بی‌سرپرست به سر می‌برد قلبش بـه درد آیـد و بـه دیدار ملینا برود.

مددکار به مهران زنگ زد، اما در صدای او اصلا نگرانی احساس نمی‌شد. مهران به‌طور حتم فکر کرده بود که این فقط یک تله است و مینا می‌خواهد از ملینا استفاده کند تا از او انتقام بگیرد. وقتی که مددکار بعداً برای مینا تعریف کرد، او اصلاً تعجب هم نکرد. فقط زیر لب گفت: «از یک آدم روانـی چـه توقع بیشـتری می‌توان داشت؟»

به این ترتیب مهران به تنها فرزندش که از گوشت و خون خودش بود، پشت کرد و با وجود اینکه مددکار آدرس و تلفن را هم به او داده بـود، هرگـز نـه بـه دیـدن ملینا رفت که در کانون نگهداری از کودکان بی‌سرپرست نگـه‌داری مـی‌شـد و نـه حتی تلفن زد که حال او را بپرسد.

هفتۀ بعد مینا از بیمارستان مرخص شـد. حالش خیلـی بهتـر شـده بـود. دکتـر مقداری دارو برایش تجویز کرده بود. فـوراً بـا مشـتری‌هایش تمـاس گرفـت و بـا عذرخواهی فراوان برایشان وقت جدید گذاشت. از کـانون سرپرسـتی هـم تمـاس گرفتند و اطلاع دادند که ملینا به همراه مددکار با تاکسی به خانه می‌آید.

مینا با اتوبوس به خانه آخرین مشتری‌اش رفـت و ماشـینش را کـه هنـوز جلـو خانه‌ای بود که در حیاطش از هوش رفته بود، برداشت و مستقیم بـه طـرف خانـۀ قدیمی‌شان رفت. قلبش از دیدن خانه به درد آمد. همۀ خاطراتی که طی چنـدین سال زندگی با مهران و ملینا در آن خانه داشت، به ذهنش هجـوم آورد. خـاطرات خوب و بد، جشن‌های تولد ملینا و کتک خوردن‌های مینا و آن شب بی سحر کـه پلیس شیشه را شکست تا مینا را نجات دهد.

مینا کیسه‌های پلاستیکی را در ماشین گذاشت و به آپارتمان جدیدش رفت. اول باید می‌دید که شوهر دلسوزش چه برایش گذاشته تا بعداً خـودش وسـایل لازم را بخرد.

ملینا با تاکسی آمد و خودش را در بغل مادرش انداخت. مینا محکم بغلش کـرد و اشک از چشمانش ریخت. یک هفته بود که دختر دلبندش را ندیـده بـود، ولـی از حالا به بعد دیگر برای همیشه با هم بودند.

بعدازظهر مجبور شدند با هم به خریـد بروند. دو تـا تشـک ابـری و پتـو و متکـا خریدند که شب مجبور نباشند روی زمین بخوابنـد. هفتـهٔ بعـد مینـا هـر روز تـا ساعت چهار کار می‌کرد بعد با مینـا بـه مغازه‌هـا می‌رفتنـد و وسـایلی را کـه لازم داشتند برای خانهٔ جدید تهیه می‌کردند.

وسایل دست دوم ارزان‌تر بود و مینا مجبور بود بعضی چیزها را دسـت دوم بخـرد. طبق محاسباتش با کمک هزینهٔ کودک و حق حضانت فرزند کـه بایـد از مهران می‌گرفت مخارجش تأمین می‌شد، اما به این شرط که هر روز کار می‌کرد و فقط یک روز برای استراحت تعطیلی می‌گرفت.

روز تولد ملینا رسید، اما از مهران هـیچ خبـری نشـد. حـالا دیگر مینـا بـه این سنگدلی‌ها عادت کرده بود و اصلاً تعجب نمی‌کرد. با ملینا دوتایی به سینما رفتند و در مک‌دونالد غذا خوردند و برای دخترش هدیه و یک کیک کوچولو هم خرید.

مینا تمام تابستان را کار کرد و ملینا به مرکز تفریحـات مدرسـه می‌رفت. بعضی روزها هم با مینا پیش مشتری‌ها می‌رفت و آن‌ها همیشـه از او دعـوت مـی‌کردند شکلات و بستنی بخورد. تابستان داشت به آخر می‌رسید مدرسـه‌هـا بـه‌زودی بـاز می‌شدند و ملینا به لباسهای زمستانی‌اش که‌در اتاقش در خانـه قبلـی بودنـد نیـاز داشت.

مینا با مددکار اجتماعی درمانگـاه منطقه‌شـان تمـاس گرفـت. پـس از مشـاوره و توضیح اتفاقاتی که افتاده بود از او خواست با مهران تماس بگیـرد و قـانعش کنـد وسایل ملینا ازجمله لباس‌ها و لحاف زمستانی‌اش را بدهد.

حالا دیگر با حمید خان نیز تماسی نداشت. آن روباه پیر و مکـار کـه مینـا از سـر بی‌کسی به او اطمینان کرده بود و او با نیرنگ به مینا نارو زده بود.

مینا مطمئن بود که حالا مهران آزاد شده، به خانه آمـده و تنهـا در آنجـا زنـدگی می‌کند. افراد معدودی که از اتفاقاتی که برایش افتاده بود مطلع بودنـد، تشـویقش می‌کردند که از طریق قانون اقدام کند؛ چون درحقیقت مهران حق نداشت وسایل آن‌ها را در خانه‌اش قفل کند. اما مینا به‌هیچ‌وجه حاضر نبـود کـه شـکایت کنـد و دوباره سر از دادگاه‌های سوئد در آورد.

هفتۀ اول پاییز بود که مددکار با مینا تماس گرفت و خبر داد کـه روز سـه شـنبۀ هفتۀ آینده بین ساعت دو تا چهار بعدازظهر حق دارد به خانۀ قبلی برود و وسـایل باقی‌مانده را بردارد. او باید لاستیک‌های زمستانیش را نیز از انباری برمی‌داشـت و آنجا را از وسایل خودش تخلیه می‌کرد؛ زیرا مهران خیال داشت قفل آنجا را نیـز عوض کند. در آخر، مینا موظف بود همۀ کلیدهای خانه را در جعبۀ پست بگذارد.

او تمام این مدت به این فکر بود که مهران چگونه برنامه‌ریزی کرده بود تـا تخـت ملینا و دوچرخه و بقیه وسایل بزرگ را به او پس بدهد. آیـا خـودش آنجـا حاضـر خواهد بود؟ یا کس دیگری این کار را به عهده می‌گیرد؟

سه شنبه شد و او که از قبل برنامه‌ریزی کرده بود، کارش را طوری تنظیم کرد که پس از پایان کارش به خانۀ قبلی برود. چند ماه بود که پایش را آنجا نگذاشته بود.

ساعت دو جلوی خانه پارک کرد و از دیدن خانه و آنچه در حیاطش بـود، دوبـاره قلبش به درد آمد.

مهران پیچ‌های تخت ملینا را باز کرده بود و آن را به صورت تخته‌های جدا از هـم روی یکدیگر گذاشته بود. چند کیسۀ بزرگ مشکی هم روی چمن‌ها جلو در خانـه بود.

یک روز ابری و بارانی بود و همهٔ وسایل خیس و چمنی شده بودند. مینا مجبور شد وسایل را در دو نوبت جابه‌جا کند و به خانهٔ خودش ببرد. در آخر نیز دوچرخه و لاستیک‌های زمستانی ماشینش را به زور در ماشینش جا داد و کلیدها را در صندوق پست گذاشت. می‌خواست برود که یکی از همسایه‌ها که خانمی بازنشسته بود و مینا را از پشت پنجره اش دیده بود، به طرفش آمد و احوال او و ملینا را پرسید. کنجکاو بود بداند آن‌ها کجا زندگی می‌کنند.

مینا در آن موقع با خودش فکر کرد یک سال با دخترش تنها بود و هیچ‌کس هرگز از مینا نپرسید که حالش چطور است و روزگارش چگونه می‌گذرد، حالا این همسایه فقط از روی کنجکاوی از او احوال پرسی می‌کرد.

مینا قبل از اینکه برود رویش را برگرداند و برای آخرین بار به خانه نگاه کرد. اشک در چشمانش حلقه زد و غم سنگینی در دلش نشست.

به یاد ملینا افتاد که وقتی نوپا بود در حیاط خانه می‌دوید و بازی می‌کرد. در این خانه دخترش راه رفت، زبان باز کرد، به مدرسه رفت و حالا به احتمال زیاد این آخرین دیدار مینا از این خانهٔ پر خاطره بود.

سوار ماشین شد و رفت. در این لحظه درست مثل پرنده‌ای بود که سال‌ها در قفسی نگهداری شده بود، آب و غذا جلویش گذاشته بودند و آن روز سرانجام در را باز کرده و او از قفس بیرون پریده بود.

ده سال قبل مهران به فرودگاه آرلاندا آمد و او را به خانهٔ جدیدش یا به عبارت دیگر، به اسارت برد و حالا با کوله‌باری پر از خاطرات خوب و بد و دنیایی پر از تجربه چاره‌ای غیر از پرواز از این قفس نداشت؛ چون حالا دیگر در این قفس برای همیشه به رویش بسته شده بود.

پایان